卢宇光

穿越死亡的无冕之王

李忠效 著

青岛出版集团 | 青岛出版社

图书在版编目（CIP）数据

卢宇光：穿越死亡的无冕之王/李忠效著.—青岛：青岛出版社，2024.1
ISBN 978-7-5736-1595-4

Ⅰ.①卢… Ⅱ.①李… Ⅲ.①传记文学－中国－当代 Ⅳ.①I25

中国国家版本馆CIP数据核字（2023）第211734号

LU YUGUANG：CHUANYUE SIWANG DE WUMIAN ZHI WANG

书　　名	卢宇光：穿越死亡的无冕之王
作　　者	李忠效
出版发行	青岛出版社（青岛市崂山区海尔路182号）
本社网址	http://www.qdpub.com
邮购电话	18613853563　0532-68068091
责任编辑	贺　林　李文峰
特约编辑	侯晓辉
校　　对	郝秀花
装帧设计	蒋　晴
照　　排	梁　霞
印　　刷	三河市良远印务有限公司
出版日期	2024年1月第1版　2024年1月第1次印刷
开　　本	32开（880mm×1230mm）
印　　张	8.5
字　　数	200千
书　　号	ISBN 978-7-5736-1595-4
定　　价	58.00元

编校印装质量、盗版监督服务电话　4006532017　0532-68068050

我的好战友卢宇光,是拿生命换新闻的世界级战地记者。

——于广琳(卢宇光的老班长、退役海军大校)

如果你没法阻止战争,那你就把真相告诉世界。

——战地记者格言

在我的战地记者历程中,最难忘、最刻骨铭心的感情是友情,彰显生命之价值!

——卢宇光

卢宇光在"别斯兰人质事件"现场。(2004年9月)

卢宇光在叙利亚做现场报道。(2013年10月)

卢宇光在叙利亚北部城市阿勒颇做现场报道。(2016年12月)

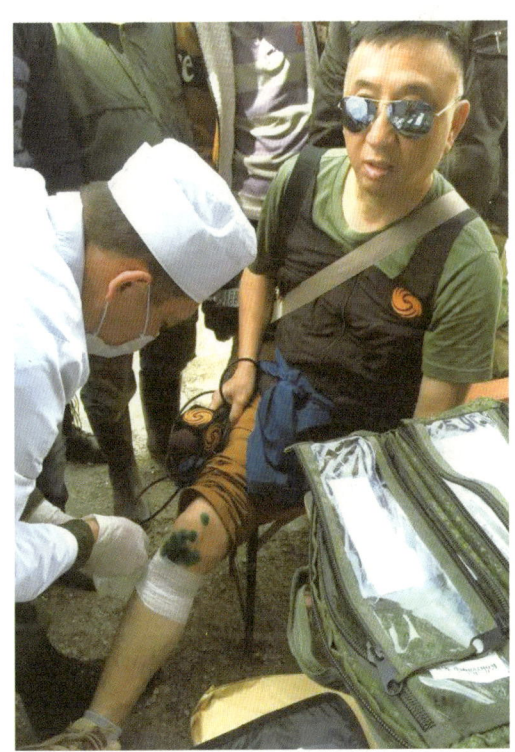

卢宇光第四次负伤。(叙利亚战场,2016年)

> 卢宇光
> 穿越死亡的无冕之王
>
> 于广琳 题

卢宇光的老班长、退役海军大校于广琳题字。（2023年）

目 录

引　子　拿生命换新闻的战地记者　　1

第一章　闯荡俄罗斯　　4

第二章　在第一频道　　19

第三章　死里逃生　　35

第四章　"库尔斯克"号事件　　43

第五章　异国婚姻　　48

第六章　阿富汗遇险　　58

第七章　加盟凤凰卫视　　65

第八章　伊拉克历险记　　82

第九章　别斯兰人质事件　　106

第十章　俄格战争　　129

第十一章	奥什骚乱	158
第十二章	死去活来	165
第十三章	一进叙利亚	182
第十四章	十进叙利亚	203
第十五章	情系雪岱山	241
尾　声		260
附　录	卢宇光战地负伤和战地采访大事记	265
后　记		270

引子　拿生命换新闻的战地记者

我很早就知道卢宇光，因为经常在电视或网络上看到他，有时看到他在某个战场做现场报道，有时看到他作为嘉宾在专题节目中讲述他参加某次战地报道的情景。但是，我那时也就是看看热闹，从来没想过要写他的经历，只知道他是凤凰卫视驻莫斯科首席记者，对他的其他情况一无所知。

2019年夏天，我认识了北京的一位名叫刘涛的导演，他是退役的潜艇老兵，也是电影《硬汉》的编剧之一。他听说我是潜艇兵出身的海军作家，就通过他的战友——也是潜艇兵出身的业余作者仇裕平找到我，希望我能给他写个电影剧本。他的要求是：写海军退役官兵在地方上的故事。我答应他，有合适的题材可以考虑。

2020年3月，我在手机上偶然看到一个报道：2000年，俄罗斯第一频道电视台记者卢宇光在一次去车臣采访的途中，乘坐的装甲车触雷，装甲车被炸毁，一个俄罗斯特种兵为了保护他而牺牲。卢宇光后来娶了那个特种兵的遗孀，并照顾他们母子……这个铁汉柔情的故事很吸引读者的眼球。我留意到，这篇报道透露了一个重要信息：卢宇光曾是一名海军军官！

我把这条信息转给刘涛，他喜出望外，认为这正是他想拍的题材：有海军背景，有战场硝烟，有铁血男儿，有儿女情长，这个题材好像就是为他"定制"的。他请我当编剧，他负责找投资。这件事就这么定下来了。

我开始寻找卢宇光的联系方式。由于他常驻莫斯科，一直到 2020 年 9 月初我才和他联系上。这还是凤凰卫视的王瑞雪先生帮的忙。

北京与莫斯科，远隔千山万水，又是疫情期间，我们不能见面，给采访带来很大困难，好在现在通信方便，我们可以用微信进行交流。因为卢宇光曾在海军服役，他有几个朋友也是我的朋友，这使我们比较容易拉近距离。我们很快达成共识：在收集素材写电影剧本的同时，顺便写一本书，再写一部电视连续剧的剧本。

这无疑是一项浩大的文化工程。我曾写过"美国律师""加拿大律师""联合国的中国女外交官"，现在又要写一个"驻莫斯科的中国记者"。我自己都觉得我挺能干的：人在国内，笔写天下。现在大家看到的这本书是"一期工程"，后面还有"二期""三期"。好戏在后头。

为写此书，我专门上网购买了一些资料，其中包括吕宁思的《凤凰卫视新闻总监手记》。吕宁思在书中这样写道：

> 记者，是个让人骄傲的称号，也是当代世界最危险的职业之一。

> 一个优秀的记者，就算死到临头，最后的一分钟也应该在进行新闻报道……这就是真正的新闻工作者的精神所在。

卢宇光曾参加过第二次车臣战争、阿富汗战争、"莫斯科人质事件""别斯兰人质事件"等危险环境中的报道，之后又参加了伊拉克人质事件（2002年）、俄格战争、叙利亚战争（十几次进入叙利亚）等的报道，在战场上5次受伤。由于3次进入切尔诺贝利核电站采访受到核辐射，在阿富汗、伊拉克战场受到贫铀弹辐射，还有早年在雪岱山服役时受到雷达电磁波辐射，他曾于2012年11月18日出现"放射性冠状动脉炎引发心肌梗死"，昏迷了很长时间，最后又从死亡线上"爬"了回来。

卢宇光无疑就是吕宁思所说的那种"优秀的记者"。他的老班长、退役海军大校于广琳称他是"拿生命换新闻的世界级战地记者"，此言不虚。

卢宇光认为，单位领导和老班长于广琳的溢美之词都是他前进的动力，他很清醒，他就是一个普通记者，在尽记者的本分而已。实际上，我在写他的故事的时候，也没有把他当作"高大全"的英雄来写，更没有把他当"人生楷模"来写。毋庸讳言，他身上有很多缺点，但是他运气好，遇到了很多"贵人"，也是机缘巧合，他干上了他喜欢干的职业，遇到了能发挥他的特长的机会，让他在"莫斯科人质事件"的报道中"一战成名"。

他用他学的俄语，用他的顽强精神，穿越各个战场，出生入死，这才创造了辉煌的事业。

卢宇光是海军转业干部的骄傲，因此我愿意写他的故事。

第一章　闯荡俄罗斯

一、一波三折

1993年7月4日，卢宇光手持朋友老范帮他办的商务签证进入俄罗斯，老范派了一个姓周的公司女职员接待他。老范本人没有露面。周小姐将卢宇光安顿在莫斯科北部的一个地方，那里是由山东商人购置的地产，华人集中居住区，卢宇光住在一个民宿性质的住宅里。

出国之前，卢宇光向朋友借了500美元。刚到莫斯科，办一个签证就一下花掉了一半，剩下的250美元，他不得不精打细算，节省着花。

在上海时，老范一边让卢宇光给他当助手，给他的公司办事，一边给卢宇光办理留学的入学手续。但是，卢宇光当助手期间，公司只管吃住，没有报酬。卢宇光心中盘算：这什么时候能赚够学费呢？他只好到了那里再作打算。

当时俄罗斯时局不稳，文物市场也很混乱。老范用他之前在那边赚的钱,到农村去收购各种文物。他找卢宇光给他当助手,其实不是让卢宇光帮他打理生意,而是让卢宇光跟着周小姐走村串户地收购文物。

卢宇光本来是想帮助老范做事的同时赚点儿学费,下一步去莫斯科大学读书,但当看清老范的真实意图之后,他的心一下就凉了半截,他通过周小姐转告老范:不想做这种事情。

老范很恼火,通过周小姐告诉卢宇光,不给他的签证办延期了。

卢宇光脾气很倔,从来不会向强迫他做事的人低头。他当即从老范那里出来了。幸亏这时他身上还有100多美元,不然就要流落街头了。

这时候,一个叫胡丽芬的华人大姐收留了他。胡丽芬的父亲是部队老干部,她本人也当过兵,她父亲转业后来到俄罗斯做贸易。她自己也做一点儿生意,其中有一项业务是签证代理。卢宇光是在胡丽芬给他送签证的时候认识她的。

胡丽芬在卢宇光最困难的时候向他伸出了援手。

胡丽芬让卢宇光帮她做一些事情,每月付给卢宇光150美元。当时莫斯科的物价很低,一般中等家庭每月50美元就能生活得很好。卢宇光孤身一人,每月可以省下100美元。

卢宇光打听了一下,莫斯科大学的学费不高,一年只要500美元。这时胡丽芬的公司重新给他发了邀请函,并给他办理了新的签证。

这期间,卢宇光委托国内的朋友,把他当年在辽宁师范大学外语系俄语海军班的结业证拿去做了公证。

卢宇光在胡丽芬那里干了一段时间,就去报考了莫斯科大学新闻系,攻读硕士学位。

卢宇光读研时学的专业是新闻传播学和新闻评论学。硕士生不像本科生要每天去上课,而是拿着导师开的书单,自己去读就行了,当面授课的时间很少,所以卢宇光有大量的时间可以做别的事情。

卢宇光的导师叫伊柳申·鲍里斯·符拉基米耶维奇,是当时莫斯科大学新闻系的副主任。伊柳申是乌克兰人,军人出身,参加过二战,曾被授予上校军衔。当时他已经70多岁了,说俄语时有很重的乌克兰口音,一开始卢宇光听不惯他说的俄语,上课时有些内容听不懂。他讲的广播电视概论、新闻写作、新闻传播等,观念有些陈旧,卢宇光认为他已经落伍了。更要命的是,他还保留着军人的习惯,时间观念很强,对卢宇光的要求非常严,有时甚至有些不讲理。

二战时期,伊柳申是军事记者,跟随苏军部队打到柏林。

莫斯科大学新闻系副主任伊柳申·鲍里斯·符拉基米耶维奇(1994年)

他有一块"罗马"牌手表,上面刻有德文,据说手表曾经的主人是一位德军上将。这应该算是战利品,他却说是他捡来的,谁知道他是怎么弄到手的。如果这是他正常缴获的战利品,以他当时的资历和级别,这种战利品应该不会落到他的手上。

他喜欢在卢宇光面前炫耀他的"罗马"牌手表。但是,由于手表年头太久,表的运转已经不正常了,时快时慢。他要求学生必须按时到教室上课,不允许迟到1分钟。可问题是,他不是按正常的时间执行这个要求,而是以他的手表时间为准。他对卢宇光说:"宇光,你要记住,上校的时间总比少校的时间要准,你要以上校的时间为准。"

对此,也是军人出身的卢宇光表示理解。过去打仗的时候,大战之前大家都要对一下表,就以最高领导的手表时间为准,确定几点冲锋、几点撤退、几点转移。可是,现在不是打仗,而且他那块罗马表又不准,这常常让卢宇光无所适从,苦不堪言。有好几次,卢宇光都想换导师了。

不过,在其他方面,伊柳申对卢宇光还是特别关照的。伊柳申资格老,在莫斯科有很多资源,介绍了很多人给卢宇光认识,因此对卢宇光日后事业的发展起到了重要作用。比如后来卢宇光到俄罗斯第一频道实习,就是伊柳申推荐的。

卢宇光后来回想起这段往事,庆幸自己没有换导师。伊柳申教授无疑是卢宇光人生道路上的"贵人"之一。卢宇光后来能取得那么多成绩,也是与伊柳申教授的帮助分不开的。后面我还会说到他。

二、加盟《路迅》

卢宇光在胡丽芬那里工作期间,就听说莫斯科有一本中文杂志《路迅》,但对它的其他情况了解得不多。到莫斯科大学上学以后,他住在学生宿舍里。有一天,他发现了一本中文杂志《路迅》,是手刻油印的,A4纸那么大的开本,每期70多页。那时互联网还不发达,莫斯科的华人更是没人上网,他们所了解的新闻,大多是来自这本油印的《路迅》杂志。

杂志售价很低,在华人圈里很受欢迎。后来卢宇光了解到,这个杂志是一个中国留学生办的,杂志社地址就在莫斯科大学,在离他住的那栋楼不远的另一栋楼里。

一个下午,卢宇光循着杂志上的地址,找到了那家杂志社。那是一栋老楼,杂志社租了两个房间,房间都很小。杂志主编姓周,是莫斯科大学地理系的留学生,吉林长春人,一边留学,一边做生意。还有一个女孩,是他的女朋友,也是吉林人。卢宇光在吉林珲春待过几年,说起来他们还算半个老乡。

主编小周听说卢宇光当过兵,还当过新闻干事和记者,就对他说:"老卢,你到我这儿来试试?"

卢宇光说:"可以。"

卢宇光给《路迅》编了一期杂志,小周觉得卢宇光编的新闻非常符合他的口味,而且销路很好,就把卢宇光正式聘为《路迅》的编辑,月薪300美元。

在莫斯科,当时月薪300美元已是很高的工资了。

后来小周把整个编辑工作都交给了卢宇光。卢宇光分析了当时的形势,认为《路迅》作为杂志,出版周期长,新闻时效性差，不如改为报纸。小周接受了他的建议，将杂志改为报纸。那时已经出现打字机，卢宇光学会了打字、印刷。小周还专门花了2万元人民币，从北京买了一台排版机。这样一来，报纸越办越漂亮，发行量也"呼呼"往上走，一开始一周三刊，后来改为一天一刊，一天十多个版面。卢宇光从采访、写稿到编辑、排版、印刷，一个人顶好几个人，大大减少了小周在其他方面的开支。虽然这么忙，但他在莫斯科大学的专业课程没受影响。小周还帮助他把商务签证变成了学生签证。

《路迅》的发行工作（其实就是卖报纸）由一个中年妇女负责，她叫曲远芳，1958年出生，当时35岁，卢宇光称她曲大姐。曲远芳是吉林省延吉市人，来莫斯科很久了，和卢宇光一见如故。她很能干，风里来雨里去，《路迅》的一大半销量是她完成的。她在莫斯科认识很多华人，并有一副热心肠。她经常带着卢宇光去和那些华人交朋友。

有一天，她对卢宇光说："胡丽芬到处找你，你见不见？"

卢宇光说："那得见啊！"

当初他离开老范，在最困难的时候，是胡丽芬收留了他，并让他攒够了上大学的学费。卢宇光是个知道感恩的人，胡丽芬对他的帮助，他永远不会忘，只是不知道胡丽芬找他做什么。

卢宇光在约定的地方和胡丽芬见了面。胡丽芬开门见山地说："宇光，你这个小报纸不行，我们要办大报纸，要办《莫斯科晚报》。"

卢宇光说："办大报纸必须有投资啊，投资怎么办？"

胡丽芬说："我认识一个人，原来是你们海政文工团的舞蹈演员，叫胡江波，因为年纪大不能跳了，转业后就来莫斯科了。

他是浙江人，你们是老乡，让他来投资。"

胡江波在莫斯科的生意做得很火，他有一个兵营皮夹克店，向全俄罗斯批发皮夹克。胡丽芬把卢宇光带到了位于莫斯科南部的柳布列诺兵营店去见胡江波。在那里，卢宇光看见，胡江波的拉达车后备厢里有很多成捆的100元美钞，之前卢宇光还从没见过这么多钱。

胡丽芬向胡江波介绍说："这是卢宇光，《路迅》的主编。"

其实《路迅》的主编是小周，卢宇光只是一个普通编辑。

胡丽芬说："卢宇光要是离开《路迅》，《路迅》就倒了。"

胡江波大大咧咧地和卢宇光握手，说："这也是我军的啊！和大姐一样。"又问胡丽芬："大姐，你要多少投资？"

胡丽芬说："买设备起码要1万美元吧！"

胡江波说："我给你2万！"

这件事就这么定下来了。在此之前，卢宇光就有了离开《路迅》的念头，原因是他感觉自己不被尊重。小周的女朋友每天计算卢宇光上班的时间，他从宿舍走到编辑部需要多少时间，她都会掐表计算，因为她自己走过一次，然后就用这个时间来要求卢宇光。有一天，她对卢宇光说："卢宇光，你又迟到了！"

卢宇光问："我怎么迟到了？"

她说："我都给你算过了。"

卢宇光听了这话非常不高兴，当时就说："我不干了！"

小周说："大哥，是不是在我这儿干得不舒服啊？"

卢宇光说："不是，不是。"

小周说："我给你加钱。"

可见小周是真心想留他。

卢宇光说:"不行,我要走。我这个人喜欢直来直去,我要走的原因,一是在你这儿,老是闷在房间里,空气也不好;二是我刚到莫斯科走投无路时,是胡大姐收留了我,她现在要办一个报纸,叫《莫斯科晚报》,让我去当主编。我们是创业阶段,尽管条件有限,但可以慢慢来。"

小周听了这番话很生气。他心里清楚,如果《莫斯科晚报》办起来,卢宇光就是他的竞争对手了。

卢宇光说:"小周,我是讲义气的人,你放心,所有的排版软件,我都会移交给接我的班的人。"

小周说:"你不用移交给别人,交给我就行了。"

卢宇光就把所有的东西交给小周了。小周会操作计算机,很快就接手了所有事务。

三、创办《莫斯科晚报》

胡丽芬在莫斯科南部的华沙大街租了一个大套房,生活环境很好,工作条件也很好。

办报需要招人,莫斯科的人工费很贵,为了节省开支,卢宇光就想从国内招。他有一个战友叫姜春生,在丹东市某外事部门工作。

就这样,卢宇光从姜春生说,希望在丹东招几个用五笔输入法打字比较快的人。姜春生爽快地答应了。

卢宇光从丹东招了3个打字非常快的姑娘,办好手续,带到了莫斯科。

《莫斯科晚报》办起来以后,势头很好,真把《路迅》给压下去了。原来《路迅》的销售曲远芳也投奔《莫斯科晚报》这边来了。《莫斯科晚报》报纸每天印 1200 份，能卖掉 800 多份，其中有 600 多份是曲远芳卖掉的。她性格非常开朗，办起事来风风火火。她每到一个市场，不管你要不要，先给你一大沓报纸，那些华人和她都很熟悉，一份报纸很便宜，也不好意思不要。

曲远芳每天要跑很多路，用不了多久，就会跑坏一双鞋。

胡丽芬很会算账，生意经营得很好，报纸主要是靠广告赚钱，工作人员收入也不错。可是，因为管理上的问题，卢宇光从丹东招来的 3 个姑娘，有两个和她闹掰了，被《路迅》挖走了。

就在《莫斯科晚报》办得风生水起的时候，一个叫文锦化的华人老板出现了。

创办《莫斯科晚报》时的卢宇光（1994 年）

有一天，文锦化找到卢宇光说："卢宇光，你到我这里干吧！我准备办一份《莫斯科华人报》，要把《莫斯科晚报》给'毙'了。我每月给你500美元。你来也得来，不来也得来。"

卢宇光本来是不吃这一套的，但是他很快就感受到了文锦化给他带来的压力。一天，报社来了几个俄罗斯警察，说要对报社进行检查，但也没说要查什么，东看看，西瞧瞧，然后就走了。卢宇光心里明白，这实际上就是文锦化在警告他。

卢宇光想了想，好汉不吃眼前亏，再说了，每月500美元的薪酬，也比胡丽芬给的高。后来他就跟胡丽芬说了文锦化要办报纸的事，问她："怎么办？"

胡丽芬说："那就既办《莫斯科晚报》，也办《莫斯科华人报》，这样行不行？"

卢宇光就把胡丽芬的想法和文锦化说了。文锦化也认识胡丽芬，就把胡丽芬和卢宇光请到了莫斯科人民宾馆，一起商谈此事。

人民宾馆紧挨着莫斯科最大的华人市场——切尔基佐沃市场。

文锦化对卢宇光说："你帮我把《莫斯科华人报》弄起来，我当社长，你当总编。"

文锦化当时是莫斯科华人圈儿里数一数二的人物，有很多企业。有人说，他在莫斯科跺一脚，华人圈儿都会颤一颤。

文锦化当社长，卢宇光当总编，这样一来，无形之中也抬高了卢宇光的身份。

《莫斯科华人报》是大报，文锦化舍得往报社投钱。

一开始，胡丽芬想和文锦化合作，后来由于种种问题，胡丽芬退出去了，继续办她的《莫斯科晚报》。

卢宇光在办报期间，认识了总统医院的医生达尼娅，达尼娅对卢宇光说："老卢，你一个人在这里多苦！我把热尼娅介绍给你做女朋友吧！"

热尼娅是俄罗斯总统医院的护士。卢宇光和热尼娅相处一段时间后，恋情无疾而终，但继续保持着普通朋友关系。

热尼娅当护士工资非常低，各种补助加起来还不到100美元，而且不太喜欢护士这个职业，倒是非常喜欢当编辑。卢宇光就把她招进《莫斯科华人报》报社，让她做他的助理，月薪150美元。热尼娅非常高兴。

本来报纸办得很顺，但让卢宇光没有想到的是，文锦化的女朋友比《路迅》主编小周的女友还要苛刻，她说卢宇光违反了这个规章、那个规章，一到月底，就把他的工资基本扣光了。

好在卢宇光在人民宾馆的生活条件还不错，比之前他待过的所有地方都好，住的是三星级宾馆，吃的是国航的餐饮，基本上无忧无虑，于是他就决定在文锦化的莫斯科华人报社待下来。

不久，又一个莫斯科华人圈儿的强人出现了，他叫迟永成。一天，迟永成找到卢宇光，对卢宇光说："卢宇光，你到我这儿来办报纸，我的条件更好。"

文锦化得知此事，就急了，对迟永成说："老迟，你敢挖我的人，咱们就掰了。"

迟永成说："要不这样，我入股。"

文锦化问："你入多少？"

迟永成最后投进来25万美元，成为《莫斯科华人报》报社的股东。这个报社就越干越大了，在莫斯科很有影响力。

卢宇光在大学里有很多同学，毕业以后进入俄罗斯的许多部门做新闻评论工作,卢宇光与他们一直保持着联系,这为他日后在莫斯科发展打下了坚实的基础。

卢宇光经常受邀参加俄罗斯同学的聚会,他们说:"卢宇光,你要脱离《莫斯科华人报》,那里毕竟太狭窄了,你要进入正规的电视机构工作啊!"

卢宇光认为这些同学的话有道理,就开始寻找机会进入俄罗斯的电视机构。不久,他终于如愿以偿。

卢宇光的导师伊柳申介绍他到俄罗斯第一频道实习。导师说:"在那里,你可以接触到你之前根本摸不着的新闻。"

四、车臣女友

卢宇光在莫斯科大学学习时有一位女同学,名叫拉丽莎。拉丽莎的父亲是俄罗斯族人,母亲来自车臣。

拉丽莎身高 1.75 米,面容姣好,黑发,属于北高加索出类拔萃的那种姑娘。她原在弗拉季高加索电视台工作,后考入莫斯科大学新闻系攻读博士。这时,卢宇光也在读博士。他于 1997 年获得硕士学位之后,看到很多俄罗斯同学去工作了,在要不要读博士的问题上,曾经犹豫过。后来他想,自己当年连中学都没毕业,读书太少,读博士又不用天天上课,还可以督促自己学习更多的知识,还是读吧!中国有句老话:书中自有黄金屋,书中自有颜如玉。这话一点儿不假,虽然他还没找到"黄金屋",起码"颜如玉"已经出现了。

1998 年,卢宇光已在俄罗斯电视台打工,与之前给《路迅》和《莫斯科晚报》卖报纸的曲远芳仍然保持着联系,经常见面,曲远芳也知道卢宇光有一个女同学是车臣姑娘。有一天，曲远芳告诉卢宇光，她看到拉丽莎在市场上卖菜。卢宇光十分诧异，这么漂亮、有气质的姑娘怎么会在市场卖菜？

后来他了解到，拉丽莎的家庭并不富裕，为了供她上学，全家人省吃俭用。她父亲曾当过兵，在阿富汗战争中负伤，是伤残军人，住在离莫斯科100千米外的太阳城农村；母亲在市内的切尔基佐沃市场卖菜。拉丽莎每天都会抽出一些时间，去市场帮母亲卖菜。

一种怜爱之情充满卢宇光的心胸，他对她产生了一种敬意。从此，他对拉丽莎更加关心。

车臣男人大多彪悍、狂野，拉丽莎还从未体验过中国男人细致入微的体贴举动，她的心一下就被卢宇光的关爱给融化了。

1998年，在莫斯科夏天的温暖阳光下，他们相爱了。

拉丽莎住进了卢宇光在莫斯科大学主楼的宿舍。这间宿舍只有8平方米，一张小床、一个书柜、一张桌子，几乎挤满了空间。

拉丽莎

但是，唐代刘禹锡的《陋室铭》言：斯是陋室，惟吾德馨……

在这个小屋里，卢宇光度过了人生最美好的时光之一。

每天他下课或是从电视台下班回来，拉丽莎都会准备好晚餐等他。

当时卢宇光在俄罗斯电视台打工，收入还不错，而每个学年的学费（包括住宿费等）才500美元，经济上没有压力。

拉丽莎的生日比卢宇光早一天，是4月30日。拉丽莎1999年的生日是两个人一起过的。卢宇光给她买了戒指和耳环作为生日礼物，又给了她100美元。

拉丽莎非常兴奋，一早起来就约母亲到莫斯科古姆商场买衣服。卢宇光一直等到傍晚，她们母女才乘地铁回来，却两手空空，什么也没买。在吃晚饭时，拉丽莎对母亲说，要将这100美元捐给车臣孤儿院，那里有很多在车臣战争期间父母双亡的孤儿。

过完生日不久，拉丽莎还陪卢宇光去了杭州，见了卢宇光的母亲和妹妹，然后又陪卢宇光去了大连。

卢宇光的母亲非常喜欢拉丽莎。老母亲说："这么漂亮的姑娘，有才华，又有教养，打着灯笼也难找，怎么被宇光碰到了？"

这年年底，拉丽莎陪外公回车臣探亲，同行的还有拉丽莎的母亲和弟弟。

从此，她就失踪了，一家人全都失踪了，音信全无。她没有回到莫斯科大学继续她的学业，也没有给卢宇光寄来只言片语。

这一年，第二次车臣战争爆发。卢宇光为他们一家担心了很长时间。卢宇光非常后悔当时没有劝她不要回去。

2019年12月29日，卢宇光在一篇回忆文章中写道：

有离别的地方就有痛苦，有痛苦的地方就有思念。

思念是一种很玄的东西，如影随形，无声又无息，出没在心底。

这个世界上，每一个与你相遇的、身边亲近的人都是上天给予的一种特殊的缘分。

2002年10月，在莫斯科轴承厂文化宫人质事件中，在最后被联邦特种部队击毙的武装分子的照片中，我见到了拉丽莎的弟弟。

那天我正好在文化宫外面做直播。

后来，联邦安全局驻车臣新闻发言人沙巴尔金少将说，拉丽莎一家人被车臣恐怖分子洗了脑。

如果你觉得思念是一件甜蜜而又幸福的事情，那么你的心里一定有一个深爱的人可以回忆、可以相见。

如果你觉得思念是一种无法呼吸的痛，那么你的心里一定有一个无法再相见，却对你非常重要的人，遥不可及，又难以放下。

现实生活中，思念不仅仅存在于爱情里，也真实地存在于所有的情感中。

卢宇光对车臣的了解是从拉丽莎开始的，后来他虽然再也没有见过她，但他的人生却从此与车臣密切相关。

第二章　在第一频道

一、《苏-27飞越阿穆尔湾》

1996年1月，经莫斯科大学新闻系副主任伊柳申推荐，卢宇光获得了一个进入俄罗斯第一频道实习的机会，在评论部担任中文翻译。实习期间他没有薪水，只有补贴，实习结束后开始发薪水，实际上和补贴也差不多，只是说法不同而已。他每月的薪水相当于150美元。

到电视台实习不久，卢宇光就辞去了《莫斯科华人报》主编的工作。虽然电视台的收入比报社低，职务也从主编变成了实习生，但他认为，正如他的俄罗斯同学所说，华人报纸的天地毕竟太窄了，电视台的天地要比原来的小报社宽多了。

有得必有失，这个道理卢宇光还是懂的。

卢宇光到俄罗斯第一频道做的第一件工作，便是加入俄罗斯著名纪录片制片人阿列克塞依·波波金的《苏-27飞越阿穆尔湾》摄制组，这部片子的主题是俄中两国军事关系的改善。

卢宇光：穿越死亡的无冕之王

卢宇光与第一频道的同事（1996年）

在参与拍摄《苏-27飞越阿穆尔湾》的过程中，卢宇光主要负责对中国沈阳飞机制造厂工程组专家的采访事宜，也帮助摄制组出了很多很好的主意。

二、参加车臣前线记者团

卢宇光一边实习，一边上学，1997年获得莫斯科罗蒙诺索夫大学（简称莫斯科大学）新闻硕士学位，接着继续攻读博士学位。

在此期间，1999年8月26日，第二次车臣战争打响。

9月的一天，电视台评论部主任伊戈里·尼古拉耶维奇将卢宇光叫到奥斯坦丁电视中心三楼办公室。伊戈里·尼古拉耶维奇对他说："俄总统北高加索问题顾问办公室主任伊戈里·鲍里斯·符拉基米耶维奇想与你认识，俄罗斯第一频道参加第二次车臣战争报道的前线记者团邀请你参加。"

卢宇光知道,这是他的新闻评论学导师伊柳申在帮助他。伊戈里是伊柳申的儿子。

下午3点,卢宇光赶到了位于莫斯科市红场旁边的伊琳卡大街俄总统办公厅街区。

俄总统北高加索问题顾问办公室权力很大,所有媒体进入这一地区采访,必须经过这个部门审核发证和陪同等。

伊戈里告诉卢宇光,进入莫兹多克就可享受每天50美元的战场补贴。在当时,这是一笔不菲的收入。

卢宇光的任务很简单,他主要负责外国记者团亚洲籍记者的联络工作,同时为俄总统北高加索问题顾问办公室采写对外电视中文通稿。

导师伊柳申听说卢宇光要去车臣战场采访,就对他说了这样一番话:"记者在战地记录什么?不是记录战争何方胜败、利益取舍,而是要记录下无辜的百姓遭遇死亡的惊悚和他们的家破人亡,用有限的力量,揭露无限的权力和政治的黑暗、丑恶、欺骗,点亮一盏灯,哪怕灯光微弱无力。战地记者只是记录真相,除了真相还是真相。所以,记者要真实、真诚地发声,这是战地记者的第一培养特性。"

伊柳申导师的这番话让卢宇光终身受用。

1999年9月23日,俄罗斯颁布法令,在车臣建立新政权和任命新政府首脑。1周后,俄罗斯军队进入车臣境内。

1999年9月30日,卢宇光参加俄罗斯记者团对第二次车臣战争的报道,跟随俄安全总局驻车臣前线新闻发言人沙巴尔金上校进驻莫兹多克。报道团中有众多卢宇光经常在电视中看到的主持人和记者，如著名军事节目主持人阿尔卡捷·马莫诺托夫、亚历山大·斯拉德科夫、安东·斯捷潘科年科等。

这些记者兼制片人都当过兵。有好几个人在第一次车臣战争中接触过车臣领导人。亚历山大·斯拉德科夫在采访报道过程中还受过伤。

当年俄国防部新闻局记者处处长是尤里·尤里耶维奇海军中校。

记者团在莫兹多克采访俄海军波罗的海舰队第366师海军陆战队时，尤里中校带大家拍摄陆战队巷战训练科目。

巷战完全按照格罗兹尼市中心广场议会大厦的地形条件，海军陆战队队员在空中火力支援下，进入广场开阔地前面的一处街区里，交替掩护着向目标靠近，开阔地前的街区是一处农贸市场，狙击手就利用卖菜的柜台向街区出口的守敌射击。

狙击手是参加过阿富汗战争的特种兵，名叫伊万，40多岁，他作为俄海军第一批职业合同兵首次参战。这也是俄军汲取第一次车臣战争失利的教训而采取的新做法。第一次车臣战争时，俄军很多参战者是连枪都不会打的新兵。

射击命令下达后，战术小组3人进入农贸市场，伊万在卢宇光右侧举枪，另外两个特种兵架设重机枪进行战斗驱逐盲射。但是，并没有人告诉他们靶区有摄像师、记者，于是悲剧就这样发生了。

独立台的摄像师和记者亚历山大·科斯被多发子弹击中，右腿被截肢。卢宇光目睹了悲剧的发生。

此次误伤事件的直接责任人尤里耶维奇海军中校受到降级处分，由中校被降为少校。这个事故成为俄国防部新闻局警示战地记者的典型案例。

三、激战格罗兹尼

1999年10月1日，俄罗斯北高加索军区3个集团军从东、西、北3个方向开进车臣。在战术上，俄罗斯数万大军利用俄军压倒性的空中优势和炮火优势逐步向车臣境内推进，车臣武装力量被打得步步后退，始终找不到重创俄军的机会。

两个月后，车臣境内大部分地区被俄联邦军队控制，俄军对格罗兹尼形成了包围态势。

在不间断的猛烈轰炸之下，城内武装力量伤亡惨重，大量地表工事被摧毁，武装人员被迫长时间躲在地下工事里，因水电设施基本被炸毁，城内生存环境变得非常恶劣。

俄军调集了2000多名特种兵加入战斗，这些人都来自特种快速反应部队、特警队或者内务部队，绝大部分是受过专业训练的神枪手。

俄军将格罗兹尼市划分成15个战区，从东、南、西3个方向进攻格罗兹尼，只留出城北的通道，供城内平民撤离。

12月25日，战斗打响，首先发起进攻的是俄军航空兵和重炮部队，对车臣武装力量的工事据点进行猛烈轰炸和炮击，各路地面部队则在炮火支援下，逐渐向市区内推进。

车臣武装力量依托大型建筑、厂房、街巷、地道等复杂地形奋力反击，以5~20人组成一个战斗分队，有的正面迎击俄军，有的不时绕到俄军侧翼甚至后方进行突袭，战术运用极其灵活。车臣武装力量的顽强抵抗，给俄军进攻造成极大困难，各支进攻部队一昼夜只能前进百余米。

经过逐条街道、逐个建筑反复激烈的争夺和较量，到12月

卢宇光：穿越死亡的无冕之王

格罗兹尼无家可归的妇女

底，俄军从东、西、北3个方向突入市区，将车臣武装力量压缩在市中心米努卡广场周围的一块狭长地带里。此时，俄军最后的总攻即将开始。

米努卡广场及周边地区面积共计有4平方千米，有大量的高楼大厦、四通八达的地道，还有苏联时期修建的许多防空设施。车臣武装力量凭借这里的复杂地形，构建坚固的防御体系，配置了绵密的交叉火力网，等待与俄军决一死战。

对俄军来说，这是一块超难啃的硬骨头。俄军第一次攻城未果。

俄军改变战术，将米努卡广场团团围住，进行了半个月的猛烈轰炸之后，俄军各路突击部队再次发起攻击。

2000年1月18日夜，俄军两个攻击群突破车臣武装力量防线，冲进市中心，俄军北路突击部队在一座高楼前遇到强大火

· 24 ·

力阻击，难以前进一步。

第58集团军副司令马洛费耶夫少将亲临一线指挥作战。他接到报告：第245旅的后方遭到车臣武装力量攻击，情况万分危急。马洛费耶夫少将立即带领上校副官和几名警卫人员赶赴245旅后方位置，狙击车臣武装力量，结果马洛费耶夫少将和上校副官不幸中弹阵亡。马洛费耶夫少将是俄军在第二次车臣战争中阵亡的最高将领，他和副官的尸体几天后才被俄军找到。

战争的残酷和血腥由此可见一斑。

格罗兹尼战斗打响以后，记者团再次出发前往一线。这一次的领队是俄国防部外国记者处的格纳申科夫少校。

这是卢宇光与格纳申科夫第一次见面。

格纳申科夫身材高大，1.90米的个头，黑黑的脸庞，言谈举止充满军人气质。他回答问题简明扼要，都是一两个字的短句："是！""不是！""执行！""遵命！"如此等等。

卢宇光所在的记者分队共12个人，有20名俄空降兵保镖，这些人大多是参加过阿富汗战争和第一次车臣战争的老兵。其中有一位名叫马克西姆·阿列克塞依的保镖，卢宇光已和他非常熟悉，他们之间后来还发生了一段荡气回肠的故事，此为后话。

卢宇光所在的记者小分队被分配到俄海军陆战队第366师进攻的路线上。卢宇光目睹了很多血腥、恐怖的场面。格纳申科夫给记者们讲了一个故事，更是让人唏嘘不已。

那天，大家在一个掩体里休息，格纳申科夫抽着烟，对大家说：这场战争，不知会造成多少人家的悲剧。几天前，一位即将做父亲的上尉在一个车臣的村庄看到一个很可爱的小男孩，就从背包内取出一块巧克力，准备递给这个孩子，而这个只有五六岁的男孩突然掏出一支手枪，将上尉当场打死了。所有在场的人都惊呆了，可谁又下得了手向孩子射击？！他们只有朝天鸣枪吓唬吓唬他。最后，这个孩子被吓哭、吓尿了，而上尉再也看不到他的孩子了。

格纳申科夫说："这就是车臣！"

2000年2月1日，俄军凭借优势兵力和火力，在付出大量伤亡之后，终于占领米努卡广场，击毙车臣武装分子700多人。几个著名的车臣武装头目被击毙。

2月4日，俄军开始进攻格罗兹尼市政府大厦。这是最后的决定性战斗。

2月4日凌晨3点，卢宇光听到炮声响起，俄军向车臣政府大楼周边工事进行饱和轰炸，巨大的爆炸声多次将他塞在耳中用来隔音的子弹壳震落。

俄海军第366师由副师长率领的正面突击队在坦克的掩护下，分乘数十辆装甲车抵近出击点并构筑工事。

在俄海军第366师的前进指挥所所在的楼内，记者们趴在沙袋上拍摄。

指挥所离攻击阵地也只有大约3000米距离，周边能听到迫击炮弹的阵阵呼啸声。

这是一场根本没有悬念的战斗，俄海军第366师第1营突击队顺利登上楼顶。当时才5点多钟，四周一片漆黑，指挥部组织记者团进入大楼内。

这是一幢12层的苏联时期建筑，在许多俄罗斯地方行政中心随处可见。

格罗兹尼废墟

在记者进入车臣政府大厦时,许多爆炸装置还没来得及拆除,领队的格纳申科夫指定每一个排爆工兵后面跟几名记者,大家摸黑爬上了十二楼平台。

这时天空刚刚泛白,放眼望去,格罗兹尼整座城市已经没有了完好的建筑,火光和黑烟将城市笼罩,零零散散的枪炮声夹杂着人们的呼叫声、哭喊声在周边回响。

上午8点,在格罗兹尼北面出现黑压压的大机群,俄海军第366师的海军官兵脱掉作训服,露出海魂衫,戴上黑色贝雷帽,在露台上点燃指示烟雾,向飞行员提示他们的存在。原定上午8点,飞机要先对车臣政府大楼进行攻击,然后由海军陆战队发起地面进攻,但因为海军陆战队英勇作战,提前结束了这场战斗。机群呼啸着从他们的头顶上空飞过。

格纳申科夫高声叫道空中编队还会有一次通场飞行,让大家抓紧准备，时间只有几分钟。

记者们站在第366师海军陆战队官兵的背后，让镜头跟随着徐徐升起的俄罗斯国旗移动，只见30架挂满导弹的苏–25飞机整齐编队，进入画面，摇着机翼，向地面的官兵致敬。

俄罗斯国旗插上车臣政府大楼的楼顶，标志着第二次格罗兹尼巷战落下帷幕。

此后，卢宇光又多次去格罗兹尼。他一直在寻找拉丽莎，甚至委托俄罗斯军方帮助寻找，结果发现，格罗兹尼叫拉丽莎的女孩成千上万。众里寻她千百度，蓦然回首，他仍然不知那人在何处。

四、伞兵第6连

格罗兹尼被攻克以后，车臣武装头目巴萨耶夫率领残部撤入南部山区。俄军得到消息，派出空降兵第76师第104团前去截击。该团第6连在776高地与巴萨耶夫遭遇，全连90名伞兵阻止了2500名武装分子的多路攻击。第6连在没有援兵的情况下，打死700名武装分子，自己伤亡也很惨重，有84人死亡，仅6人生还。第6连的表现受到俄罗斯的国家表彰，其中有22人被授予"俄罗斯英雄"称号，69名官兵被授予俄军"勇气勋章"。这个伞兵连的事迹在俄军内部也被广为传颂。

俄方组织的外国记者团每次到车臣采访时间都不长，大约1周就返回莫斯科；如果遇到大的事件，就会再次出发。

俄军伞兵第76师第104团第6连的事迹传开之后，外国记者团立即前往车臣采访，卢宇光也随团再次进入车臣。记者们乘坐"雅克"飞机从莫斯科南部的伏努科沃机场起飞,飞行大约2个小时后,降落在俄罗斯南部的矿水城机场。

初春的北高加索仍然是冬天的景色,天灰蒙蒙的,见不到一丝阳光。民用机场上有许多穿着军装和便衣的军人,他们背着二战时期苏联红军的那种土黄色的背袋,嘴上叼着烟,眼睛盯着从飞机上走下来的记者们。

前来接机的车队浩浩荡荡,其中有两台装甲运兵车和1辆草绿色的救护车特别显眼。担负护送任务的特种兵个个长枪短炮,每个人脸上都戴着防护面罩。

这些特种兵训练有素。尽管机场上人来人往,他们依然分散站立,举枪注视前方。

矿水城离车臣的第一个兵站莫兹多克有100多千米,车队在特种兵的护送下驶向莫兹多克。越接近前线,大家越感到气氛紧张。

在公路上,他们经常会碰到车身特别长的蒙着草绿色帆布的军用"卡玛斯"卡车,驾驶室左右两侧均绑着防弹衣。驾驶员则叼着烟,漫不经心地转动着方向盘。当时还下着小雪,一辆风挡玻璃被击碎的"卡玛斯"卡车从对面飞驰而来,在两车交会时,他们看见驾驶室内坐着两个士兵,满脸是白花花的雪。没有玻璃的卡车前窗,两支雨刮器在快速上下摆动着。不知俄军士兵是喜欢看这雨刮器律动,还是在展示他们的幽默感。

在莫兹多克军医院里,记者见到了第76师第104团第6连幸存的军官德米特里·科泽米亚金中尉,他接受了记者团的联合采访。

据科泽米亚金中尉介绍,2000年2月,俄军部队在车臣南部阿尔贡峡谷发现并包围了一大批车臣武装分子。

情报称,有1500～2000名武装分子准备突围,企图前往维杰诺地区,然后进入达吉斯坦山区。776高地是扼守峡谷的制高点。

2月28日,第76师第104团第6连连长谢尔盖·莫洛多夫少校遵照伞兵第76师第104团团长谢尔盖·梅伦捷夫上校的命令,带领全连官兵占领了776高地。

10天前,伞兵第76师第104团刚从776高地抵达格罗兹尼附近休整,当时第76师第104团第6连的连长还没有到位,因此第104团考虑将第6连当作预备队使用。

2月28日中午,第76师第104团第6连接到命令后,进行了14千米的摩托化开进,再次进入776高地,连队安排了12个侦察兵作为前置警戒哨,在4.5千米外的伊斯塔·科德山进行埋伏。

而后,第76师第104团第6连负责警戒的哨兵发现了前导武装分子分队,双方开始对射。战斗打响的第一分钟,连长谢尔盖·莫洛多夫少校中弹阵亡,侦察员们被迫撤回到776高地。

接着,第6连紧急呼叫格罗兹尼大本营派武装直升机进行空中火力支援。两个空中火力群分别从莫兹多克和格罗兹尼机场起飞。但是,伞兵们的位置根本无法确定,阿尔贡山区浓雾重重,能见度只有30米。

连长莫洛多夫牺牲后,营长马克·叶夫秋欣接替连长对第6连实施指挥,并呼叫地面炮火支援,但是,第6连的呼叫没人答复。

此时,在高地四周分别有第58集团军的15个连和团级炮兵群，由于第6连坐标不清，炮弹只象征性地给第6连官兵壮胆而已。

战斗进行得异常激烈。武装分子杀红了眼，抵近高地，用火炮猛烈攻击，从4个方向围攻776高地。

在战斗进行了4个小时后，高地上有两个排在前沿迎敌战斗，另有一个排作为预备队在3千米处的斜坡上待命。不幸的是，这个排被武装分子的炮火覆盖，致使多人死亡。

在776高地上，伞兵们与武装分子近距离格斗，双方都使用了刺刀。侦察排的指挥官阿列克谢·沃罗比约夫中尉将车臣战地指挥官伊德里斯用刀刺死，火炮排的指挥官维克托·罗曼诺夫上尉引爆地雷与武装分子同归于尽。

…………

2000年3月9日，《生意人报》写道："3月1日晚间，普斯科夫空降师第104团的连队在海拔705.6米的乌鲁斯·科特村附近与武装分子进行激烈战斗，有人把人员损失情况透露给

卢宇光与俄伞兵第76师第104团第6连官兵合影。

媒体，所以几天来该地区都禁止记者进入采访。"

纳纳季·特罗舍夫上将于3月5日最终承认："在武装分子袭击伞兵第6连突击队时，联邦军损失了31人。"

第6连的纪念碑高高地立在第76空降师营区主入口前的广场上。

每年3月1日早上5时，第76师全体官兵都会在广场上集合，对84名牺牲的伞兵进行点名。

776高地的故事后来被拍成了名为《爆破》的电影，电影的首映式在克里姆林宫举行。

五、艰难采访路

记者团离开军医院后，车队继续前行，3辆武装轮式运兵车上坐满蒙面的特种兵。记者们乘坐的是两辆"瓦斯"牌俄产中巴，每辆车的前部和靠近车门的地方都有两名荷枪实弹的特种兵。最令人担心的是，在车门旁边还放了一箱开盖的手雷，万一车辆剧烈震动或触雷，就可能导致爆炸。

车队行至莫兹多克，众人换乘周边焊满钢板的"卡玛斯"卡车，这是第一代"台风"装甲运兵车。如果不考虑周边封闭的钢板，这种车实际上与莫斯科环卫部门的垃圾车没有太大的区别。

"台风"运兵车周边有多个射击孔，并装有防弹玻璃。

这种装甲车安装的是防爆轮胎，没有任何减震系统。当装甲车遇到沟坎时，人就像坐"过山车"，会被高高地弹起来，又重重地砸下去，颠得人五脏六腑都能错位似的。

装甲车的射击孔

车队从莫兹多克出发,由于有些路段正在进行争夺战,必须绕行。"台风"的防爆轮胎不怕扎,不怕撞,一进入荒野就充分发挥了越野性能。车一路怒吼着狂奔,就连护送的装甲车都要躲得远远的。

车臣境内危机四伏,车队不敢在视野开阔的地方停车,如果有人想方便,只能找低洼处解决。这种地方被大家戏称为"绿地"。

每次停车方便,护送记者的特种兵分队就会呈战术队形排开,警惕地注视着远方。需要方便的记者迅速方便,有的记者则抓紧时间抽烟。

负责带队的总统高加索办公室主任尤里耶维奇担心停车时间长了有危险,不断地催促大家赶快上车。

黄昏时,车队抵达车臣的标志性建筑——刻着"格罗兹尼城市"名字的文字碑附近。卢宇光从运兵车的射击孔向外望去，只见弹痕累累的文字碑周边布满了沙袋和伪装网。

前方有一条本来笔直的公路，守军用障碍物将其搞得弯弯曲曲的，每隔10千米左右便有一处检查站。所有车辆必须在检查线外停车等待，等哨兵挥旗后，车辆才能进入检查区。驾驶员要从驾驶室出来，然后举起双手，接受哨兵搜查。

记者车队尽管由莫斯科克里姆林宫官员带队，也要接受查验，不能例外。有个偏僻的哨所可能没有接到上级的通报，哨兵看到有车队开来，如临大敌，立刻鸣枪示警，令车队停在安全区外，并将高射机枪对准车队。记者们被吓出一身冷汗。

车队进入格罗兹尼的丘陵地带后，在山道下坡转弯处，发现了一辆被炸毁的俄军卡车。这辆车被烧得只剩一个空架子，地上留下了一个深坑，旁边还有一辆拉达轿车的架子。看上去这里像是发生过自杀式爆炸袭击事件。

这样的事件，不久后也被卢宇光遇上了。

第三章 死里逃生

一、"保护神"马克西姆

2000年5月,俄罗斯北高加索春暖花开,俄罗斯军队基本在格罗兹尼站稳了脚跟。

5月4日,记者团再次踏上前往格罗兹尼的行程。在俄总统北高加索问题顾问办公室主任伊戈里的带领下,记者团从莫斯科飞到莫兹多克军用机场,然后换乘轮式装甲车进入车臣。换乘地点在莫兹多克的军队医院广场外面。

记者团乘坐的是俄罗斯第一代"台风"装甲车,卢宇光与俄罗斯记者被安置在第一辆装甲车内,那辆车上还有一名BBC的老记者和一名美联社的俄罗斯雇员,由几名俄罗斯护卫。护卫队副队长名叫马克西姆·阿列克塞依,当时有30多岁,个子很高,将近2米。

卢宇光曾两次进入车臣战地采访,都是由马克西姆担任护卫,两个人算是一同出生入死过了。马克西姆原来是俄罗斯特种部队第76空降师的伞兵,参加过阿富汗战争和第一次车臣战争,身上多处负伤。第一次车臣战争之后,他就于第76师退役了。

卢宇光问他:"那你怎么又回来当兵了?"

马克西姆说:"部队招合同职业兵,每月有相当于800美元的报酬,我需要挣钱养家,不得不重新穿起军装。"

马克西姆有个儿子,当时他儿子还不到2周岁。他还从皮夹中取出一张照片给卢宇光看,照片上是一家三口,马克西姆和妻子的脸上洋溢着幸福的微笑。

马克西姆告诉卢宇光,他家住在莫斯科多勃雷宁斯卡娅地铁站附近,那个地方距离红场不远。他在说这番话的时候,多少有点儿炫耀的意思。

俄罗斯人大多喜欢喝酒,马克西姆却是个例外。他只是偶尔喝点儿啤酒,几乎不喝白酒,也不抽烟。卢宇光烟酒不沾,

卢宇光(站在砖头上)与马克西姆(右2)合影。

两个人很谈得来。

马克西姆个子高，吃得也比别人多，而护卫队的伙食都是按部队标准提供的，味道一般。有时，记者团在小店里吃饭，饭菜比较丰盛。记者们吃烤肉时，卢宇光会多拿一份烤肉给马克西姆吃，马克西姆也不客气。

就在不久前，卢宇光回中国办事，返回莫斯科的时候，还给马克西姆带了一只南京板鸭，并送给他两盒西湖龙井茶叶。卢宇光与马克西姆的关系要比与其他保镖的关系近一些。

二、与死神擦肩而过

记者团从莫兹多克出发时，一共有4台装甲车。不知什么原因，卢宇光坐的那辆车的车厢里乱七八糟的，也没有固定的座位，只放了两条用木板钉成的长凳。长凳下面用角铁固定，有一条腿的螺丝脱落了，凳腿被人用铁丝给缠上了。大家面对面坐在两条长凳上，被颠得屁股生疼。

马克西姆个子太高，坐在车厢里很憋屈，一般他是坐在装甲车的上面，只有车辆经过危险地带时，他才会坐到车厢里。那天他们经过的地方比较危险，所以他就没坐在装甲车的上面，而是坐在卢宇光左侧的木凳上。

卢宇光发现这次出发自己忘了戴手表，马克西姆当即把自己的手表摘下来递给卢宇光说："送你了。"

卢宇光认出，这是一块俄罗斯特种兵专用的军表，防震，防水，走得准。他看见有很多人戴这种表。这么贵重的手表他不好意思要，就没接。

马克西姆说:"你现在比我更需要它。"

卢宇光说:"那好吧,我先借用一下。"

俄罗斯特种兵每人配有一个奇特的装备:一块和8开报纸差不多大小的钢板,钢板上面有根带子,可以将钢板系在腰间。钢板被系在腰上时,便垂下来挡住屁股,像个屁股帘儿,可能是用于防止屁股中弹吧!

马克西姆把自己的钢板解下来,交给了卢宇光,让他垫在屁股下面坐着。因为装甲车很颠,卢宇光感到垫在屁股下面不舒服,就把钢板拿起来立在他与马克西姆之间的木凳上。后来,正是这块钢板和马克西姆高大的身躯,救了卢宇光一命。

记者团的车队驶入车臣以后,也不知行进了多长时间,卢宇光突然听到"咣"的一声巨响,然后就什么也不知道了。

不知昏迷了多久,他觉得有人在拍打他的脸颊,一边拍打,一边大声呼唤:"醒醒!醒醒!"

他吃力地睁开眼睛,看见一名俄罗斯军医正在拍他。他感觉自己满脸是血,还有黏糊糊的东西糊着眼睛。等医生给他擦去脸上的脏东西后,他才看清周围的环境。这时他发现,自己已被人拖到了路边,路面上有一个大坑,装甲车翻到路边的沟里去了,车头和前面两个轮子已经被炸飞,路边的那棵还没多少树叶的树枝上挂着很多人体碎片。

医生在为他包扎头上和腿上的伤口,一阵钻心的疼痛使他又昏迷了过去。

再次醒来,他已经躺在莫兹多克的军医院里。他的后脑勺受伤了,缝了4针;左腿也受了伤,缝了30多针。这时候他还不知道马克西姆的情况怎样,只知道马克西姆给他的那块钢板对他起到了保护作用。他看到钢板上有好多坑坑洼洼的痕迹，但钢板并没有被击穿。如果没有钢板挡着，那些金属碎片足以让他致命。他想，钢板另一侧的马克西姆怕是凶多吉少。

据说，这次恐怖袭击事件共造成8死15伤，卢宇光是伤者之一。当时，医院里面很混乱，没人说得清楚死的是谁、伤的是谁。

对莫兹多克军医院，卢宇光并不陌生。两个月前，他和记者团曾在这里采访过俄罗斯空降兵第76师第104团第6连的幸存者。

卢宇光在莫兹多克军医院住了4天，随后被俄军用直升机送到了莫斯科第一医院，几天后又被转到总统医院进行心理治疗。两个星期后，他出院了。他的伤并不是很重，只是头上和腿上被划破了皮，伤口不深。后来医生分析说，他受的伤不是爆炸伤，而是划伤，头上和腿上的伤可能是他在被人从破损的装甲车里往外拖的时候，让车身上那些犬齿状的铁皮划破的。他第一次昏迷不是因为受伤，而是被猛烈的爆炸波震昏的；第二次昏迷则是心理恐惧和伤痛造成的。

住院期间，卢宇光每天无所事事，脑海里经常浮现这次遇险的情景：他想起那"咣"的一声响，是他从来没有听到过的那种沉闷的爆炸声；他想起那翻在路边沟里的没有了车头和两个前轮的装甲车；他想起那挂在路边树枝上的破碎肢体……他断定马克西姆凶多吉少。一想到马克西姆那高大的身躯和那块救命的钢板，他心里就充满了感激和内疚之情。

还有那块手表，卢宇光本来说是借用的，没想到，现在想可能也还不回去了。

马克西姆说，他再次当兵是为了挣钱养家，如果他不在了，他的老婆和不到2岁的儿子怎么办？

卢宇光有马克西姆家的电话号码。他从总统医院出院之后，就按照马克西姆给他的电话号码往他的家里打电话，打了好几次，都没有人接。

马克西姆说自己家住在莫斯科多勃雷宁斯卡娅地铁站附近，可是卢宇光不知道具体地址，很难查找。他就想，暂时放一下吧，以后如果能找到马克西姆的战友，再仔细问问情况。

卢宇光伤势好转以后，很快回到了工作岗位上。

不久，卢宇光负伤后曾经住过的莫兹多克军医院发生恐怖袭击事件，卢宇光又去那里进行采访。遭遇汽车炸弹爆炸之后，整个医院顷刻之间变成了废墟，高楼几乎被夷为平地。卢宇光跟随俄罗斯第一频道的记者迅速赶到爆炸现场，在那里见到了几张熟悉的面孔，其中包括幸存的医生和护士。

这次采访活动结束后，卢宇光碰到了马克西姆的战友吉尼。卢宇光问他："马克西姆怎么样？"

吉尼说"马克西姆已经牺牲了。地雷爆炸时，他的半个脑袋被炸飞了。"

吉尼说，国家授予马克西姆一枚"勇气勋章"，马克西姆的遗体被埋在莫斯科的一座公墓里。他告诉了卢宇光公墓在什么地方。

尽管之前卢宇光已经猜到马克西姆可能牺牲了，但是他得到确切的消息后，心情还是非常沉重。在此之前，他本来可以早点儿打听有关马克西姆的消息，却迟迟没有行动。实际上，在他的内心深处，他就是不想过早证实这个噩耗。

确定马克西姆已经牺牲后,卢宇光就想,应该为马克西姆的老婆、孩子做点儿什么。

他问吉尼:"你知道马克西姆家在什么地方吗?"

吉尼并不知道,但他告诉卢宇光,马克西姆的妻子叫玛丽娜,在独立电视台工作。卢宇光认识一个独立电视台的战地记者,就通过这个记者传话,约见玛丽娜。玛丽娜回话:"不想见。"

俄罗斯第一频道和独立电视台在一个大楼里面办公,卢宇光就在独立电视台楼道的沙发上等着。他想,玛丽娜总会出来的。

那天,他等了很长时间,终于等到了玛丽娜。她是出来休息喝咖啡的。

卢宇光在马克西姆那里看过玛丽娜的照片,对她有印象,所以一眼就认出了她。

卢宇光上前做自我介绍,并邀请她一起喝咖啡。玛丽娜见他的态度非常诚恳,就没有拒绝。卢宇光说话小心翼翼,生怕哪句话说得不妥,引得她伤感。

玛丽娜倒是非常坦诚,告诉卢宇光,她接到丈夫牺牲的消息后悲痛欲绝,精神一下就垮了,一个月没起床,整个人都瘦得脱了相。

卢宇光从她现在的神情状态看,她已经从悲痛的阴影中走出来了。

卢宇光说:"我早就想来看你,但是只有你家里的电话,没有地址,打了几次电话都没人接。"

玛丽娜说:"那段时间我把电话关了,不想接任何电话。马克西姆不在了,没有什么电话需要接。"

卢宇光问她:"孩子还好吧?"

玛丽娜说:"孩子很好,那段时间妈妈帮我照看孩子。"

卢宇光说:"什么时候让我见见孩子,好吗?"

玛丽娜没说行,也没说不行。两个人第一次见面时间很短,也就是喝一杯咖啡的工夫,然后玛丽娜就回去工作了。

不久,卢宇光接到一个紧急采访任务,匆匆离开了莫斯科。

第四章 "库尔斯克"号事件

一、鱼雷爆炸

2000年8月13日,俄罗斯第一频道得到消息:俄罗斯海军北方舰队一艘核潜艇失事。第一频道当即派出一个20多人的报道组,前往核潜艇基地所在地摩尔曼斯克。第一频道在那里有一个记者站,因为事件重大,第一频道决定加强报道力量,就加派了一个20多人的团队前去支援。

卢宇光他们所乘的航班原定晚上10点钟起飞,却因故推迟到深夜12点才起飞。飞机飞了大约两个半小时,安全抵达摩尔曼斯克。摩尔曼斯克接近北纬70°,卢宇光还是第一次来到纬度这么高的地方。

卢宇光一行乘坐大巴进入摩尔曼斯克市。他们看到主街道的房顶上有一个数字显示器,上面显示着当地的温度、湿度、风力以及核辐射指数。

大家一看到核辐射指数,顿时感到触目惊心。它在提示人们：这里是核潜艇基地，随时随地会受到不同程度的核辐射。

在来这里之前，卢宇光已经听说，摩尔曼斯克一直是俄罗斯核辐射超标的地方。

他们住进了摩尔曼斯克市中心的一家三星级酒店。酒店的每个房间都很小，只有七八平方米，桌子上有一台小电视机。当时的摩尔曼斯克显然比较落后，不过感觉上倒还算温馨。

大家匆匆洗漱睡下，第二天早上6点钟就起床了。

俄罗斯新闻局在摩尔曼斯克设立了指挥部，负责给记者们办理登记手续，发放采访证。

国外前来采访的媒体很多，境外媒体能去的采访地点和能采访的对象却是有限的。

从摩尔曼斯克市到摩尔曼斯克海军基地，还有大约30千米的路程，境外媒体是进不去的。那是一个军港城，里面有医院、学校、商店，实际上就是一个军人社区。

再往前走几十千米是科拉湾军港，是停靠核潜艇的地方，里面有一道岗哨，必须持俄罗斯安全机关审核的特殊通行证才能进去。

俄罗斯第一频道是国家电视台，卢宇光他们可以进入摩尔曼斯克海军基地采访。

在海军基地的中心广场上有一座水兵的石雕像，据说有60多米高，很雄伟，一个水兵站在那儿，头戴水兵帽，后面有两条飘带，手中握着一支二战时期的转盘冲锋枪。这座雕像给卢宇光留下了很深的印象。

在此之前，卢宇光并不了解俄罗斯核潜艇方面的情况。到了摩尔曼斯克，他才开始接触并一点点熟悉起来。

第四章 "库尔斯克"号事件

这次失事的核潜艇为"库尔斯克"号，艇名是以俄罗斯西部的城市库尔斯克命名的——在第二次世界大战中，这里爆发了决定苏德战争胜负的大规模装甲战役。

"库尔斯克"号核潜艇属于949A型艇，是苏联/俄罗斯第四代巡航导弹核潜艇，是单艇火力强大的海军武器装备，也是世界上最大的战术核潜艇之一，专门用来攻击航空母舰，曾被俄罗斯媒体誉为"航母终结者"，是俄罗斯海军反航空母舰的核心力量。

"库尔斯克"号核潜艇于1992年在北德文斯克造船厂开工建造，1994年5月下水，1995年1月正式列入俄罗斯海军北方舰队。2000年8月12日，"库尔斯克"号在巴伦支海域参加军事演习时发生爆炸并沉没，艇上107名艇员、11名机关人员共计118人全部遇难。

根据俄罗斯军方提供的信息，"库尔斯克"号发生事故的过程是这样的：

2000年8月10日，服役6年的"库尔斯克"号参加苏联解体后最大规模的军事训练，俄罗斯整个北方舰队全部编队出海，以"冷战"以来前所未有的方式检验装备和武器。英、美间谍潜艇受命潜入这一海域，旨在掌握这一非同寻常的军事演习情况。"库尔斯克"号在演习中的任务是搜寻并歼灭"彼得大帝"号巡洋舰，它向假想敌"彼得大帝"号发射了一枚3M-45"花岗岩"反舰导弹教练弹，发射一切正常。

2000年8月12日当地时间11时28分，"库尔斯克"号进行了鱼雷攻击演习，对"彼得大帝"号发射了一枚"操雷"。正是这次发射导致了惨剧发生。

为了实施鱼雷攻击，艇长利亚钦上校将潜艇上浮到潜望镜深度，除潜望镜和天线之外，还升起了电子侦察设备对假想敌进行电子侦察。当时，舰艇编队在距离"库尔斯克"号约30海里的海域严阵以待，可是鱼雷却始终没有发射出去。接近中午时分，"库尔斯克"号突然爆炸，随后沉入距离北方舰队驻地摩尔曼斯克西北157千米、巴伦支海108米深的海底，沉没地点距离谢维尔摩尔斯克约135千米，地理位置是北纬69°40′、东经37°35′。与此同时，8月12日上午11时28分27秒，挪威地震研究所记录到在巴伦支海有两次大爆炸，地震仪测量到里氏2.2级的震动强度。

按规定，23时30分"库尔斯克"号应该浮起发报，但到了规定时间，"库尔斯克"号未与外界联系。北方舰队指挥部判断该艇情况不妙，立即开始搜寻和救援工作。"彼得大帝"号巡洋舰用声呐以极快的速度全方位搜索这片海域，试图搜救可能的生还者。

2000年8月13日4时30分，沉入海底的"库尔斯克"号核潜艇被发现，进行搜索的军舰用浮标标出了失事潜艇的位置。如果艇内还有人活着，幸存者在接近冰点的海水里和氧气有限的情况下，也只能生存几天。俄罗斯有关的舰只抵达事故海域后，立刻向俄罗斯总统报告了事故情况和救援展开情况。

二、"库尔斯克"号纪念碑

在"库尔斯克"号潜艇的爆炸事件中，潜艇的舰桥部分完好无损。有人提议，将"库尔斯克"号的舰桥切割下来，制成一座纪念碑。这个建议得到了有关部门的支持。

2009年6月15日，被切割下来的"库尔斯克"号核潜艇的舰桥被摆在摩尔曼斯克水上救世主教堂的观景台上。同年7月26日举行了纪念碑的揭幕仪式。该纪念碑是摩尔曼斯克水手纪念碑的一部分。

卢宇光在采访"库尔斯克"号核潜艇事件的过程中第一次认识到，曾经当过海军的他，对海军舰艇的了解实在太少太少了。这也难怪，他当年是"高山上的海军"。

第五章　异国婚姻

一、走近玛丽娜

卢宇光从摩尔曼斯克回到莫斯科以后，因为忙于工作，就没再去找玛丽娜。10月下旬的一天，他突然接到玛丽娜的电话。玛丽娜说："10月23日是儿子丹尼斯的生日，您不是想见他吗？邀请您来和他一起过生日，如何？"

卢宇光连声说好。

10月23日，卢宇光如约来到距离红场不远的一栋楼房里，找到了玛丽娜的家。他按了门铃，来开门的正是玛丽娜。

玛丽娜把卢宇光让进屋。卢宇光进门，看到一个可爱的小男孩正趴在地上玩卫生纸。见到卢宇光，小男孩便用好奇的目光看着他。卢宇光不用问就知道，这就是马克西姆的儿子丹尼斯·阿列克塞依了。

丹尼斯把卫生纸扯得满地都是，玛丽娜也不管。看来她非常宠这个儿子。

卢宇光把带来的玩具递给丹尼斯，他没接，只是看着卢宇光笑。丹尼斯还不大懂事，不知道自己的爸爸已经不在了，也不知道自己的人生将会出现怎样的改变。卢宇光看着这个没有爸爸的孩子，心里非常难受，便把孩子抱在了怀里。

玛丽娜看到卢宇光的举动，被感动得哭了。

卢宇光告诉玛丽娜：装甲车触雷的时候，他和马克西姆在同一辆装甲车上，他当场就晕过去了。后来他才知道，如果不是马克西姆和那块钢板挡住了地雷的碎片，他可能也没命了。他非常感谢马克西姆。

玛丽娜说："这场战争不知给交战双方的多少个家庭带来了灾难。不知有多少家庭的妇女和儿童，像我们家一样失去了丈夫和父亲。"

卢宇光说："战地记者有一句格言——如果你没法阻止战争，那你就把真相告诉世界。"

玛丽娜哀叹道："那又怎样？死去的人还能回来吗？"

卢宇光无言以对。

过了一会儿，卢宇光说："今天是丹尼斯的生日，还是说点儿高兴的事吧！"

卢宇光把玩具包装拆开，对丹尼斯说："丹尼斯，妈妈很辛苦，你以后不能再淘气了。"

丹尼斯好像听懂了，不说话，只是看着卢宇光笑。

卢宇光指着满地的卫生纸说："来，咱们一起收拾，你不收起来，我就都带走了。"

收拾完卫生纸以后，卢宇光嘱咐丹尼斯，以后不准再满地扔卫生纸了。

卢宇光一边收拾屋子，一边注意观察了一下房间。这个房子不大，两室一厅，家具很旧，陈设也比较简单。让他不能忍受的是，厨房的洗碗池里堆积着很多没有洗刷的餐具，玛丽娜估计有三四天没刷碗了。他知道玛丽娜一个人带孩子不容易，可总不至于连刷碗的时间也没有啊！

卢宇光要去洗碗，玛丽娜不好意思，拦着卢宇光不让他洗。卢宇光说："我来洗，你来擦。"

玛丽娜见卢宇光态度很坚决，便不再阻拦，和卢宇光一起干起活儿来。卢宇光把洗好的碗递给她，她用干净的洗碗布把碗擦干。

临走时，卢宇光把身上仅有的300美元全掏了出来，交给了玛丽娜。按照中国人的习惯，对方怎么也要客气一下，可玛丽娜却毫不客气地收下了。

当时的卢宇光正在莫斯科大学读博士，按说早该毕业了，但由于他在第二次车臣战争中几次跟随记者团上前线，又受过一次伤，也没有时间写论文，所以就耽搁了下来。

后来，卢宇光得知玛丽娜也在莫斯科大学上学。她读的是在职研究生，白天上班，晚上上课，一周上两三次。去上课的时候，她就把孩子交给母亲看管。

玛丽娜的父亲以前是军人，上校军衔，曾在德国驻防，后来转到地方上，在外交部门工作，不过很早以前就和她的母亲离婚了。她还有一个弟弟，也已成家。她平时遇到什么困难，只有母亲可以帮助她。

她晚上下课以后，如果卢宇光没事，就会去接送她，有时还会把她送回家，并给丹尼斯买点儿东西。渐渐地，他就和丹

第五章 异国婚姻

尼斯熟悉起来，与玛丽娜之间的关系也变得密切。

每到马克西姆的忌日，卢宇光还会陪同玛丽娜去莫斯科公墓给马克西姆扫墓。

相处的时间久了，难免会产生感情，更何况卢宇光和玛丽娜是因为这样一种特殊关系相识的。不知从什么时候开始，一种淡淡的、暖暖的情愫在二人之间萌发。卢宇光已经成了玛丽娜遇到困难时最先想到的人。

2002年6月的一天，卢宇光接到玛丽娜的电话，她说："丹尼斯生病住院了，现在要出院，结账时发现身上的钱不够，想向你借点儿钱。"

卢宇光说："没问题。你在哪个医院？我马上给你送过去！"

玛丽娜告诉了他医院的地址。他快速赶过去，将自己所有的700美元积蓄全给了玛丽娜。他们一起接丹尼斯出了院。这时的丹尼斯才3岁半，长得很可爱。

刚走出医院，天空下起了小雨，他们一起躲到了一个汽车站的候车厅里避雨。

莫斯科的春天来得比较晚，6月才刚刚进入春季，雨水打在卢宇光的脸上，有些凉意，也让他的头脑更加清醒。他看到身边的这个女人和孩子孤苦无依的，遭遇如此不幸，心里很是不忍。在当时的俄罗斯，牺牲的军人的家属每月只有2500卢布（当时相当于人民币2300元）抚恤金，外加坐地铁、公交车免费，除此之外没有任何优抚待遇。

马克西姆是为了挣钱养家才又穿上军装的，没想到却死在了战场上，也没给他们母子留下丰厚的遗产。是马克西姆用自己的身体为卢宇光挡住了地雷爆炸的碎片，不然卢宇光也就没有今天。卢宇光在想,要替马克西姆为玛丽娜母子俩做点儿什么。他能做什么呢?他们不仅需要钱,还需要关爱和保护,家里还需要一个顶梁柱。想到这里,卢宇光突然产生了一个想法:自己来做这个家庭的顶梁柱吧!他转念又想:我行吗?他们母子能接受我吗?

他把玛丽娜和丹尼斯送回家,又和丹尼斯玩了一会儿。在他要走的时候,丹尼斯恋恋不舍,不想让他走。看得出来,玛丽娜同样也有些恋恋不舍。于是,卢宇光就说:"那我就不走了!"

玛丽娜和丹尼斯都很欣喜。

二、结婚

卢宇光和前妻小谭育有一子,玛丽娜也有一个儿子,因此玛丽娜很想和卢宇光生个女儿。卢宇光说:"好啊!"

半年之后,玛丽娜怀孕了。

卢宇光说:"那我们结婚吧!"

由于卢宇光是中国人,玛丽娜和外国人结婚属于涉外婚姻,必须到俄罗斯的警察局去办理相关注册手续。

第二天,卢宇光和玛丽娜一起去了红场附近的多勃雷宁斯卡娅警察局注册户籍,也就是把卢宇光的落地签户籍从莫斯科大学迁出来,落到玛丽娜居住的红场居民区警察局里面。

俄罗斯的警衔和军衔看上去差不多,给卢宇光他们办手续的是一位浑身肥肉的有类似少校军衔的警察。"少校"用挑剔的目光看了卢宇光一眼,然后把玛丽娜拉到一边,小声地说:"您要好好考虑一下,他可是一个外国人。"

玛丽娜说:"我已经考虑好了。"

"少校"非常不解,甚至有些愤怒:"为什么要嫁给外国人?"

玛丽娜瞪了"少校"一眼,倔强地说:"我愿意!"

"少校"又问:"我是否可以与您的父母通一下电话?"

玛丽娜说:"我母亲就在门外。虽然她不同意,但是我儿子同意。"

"少校"说:"我真替你脸红,替你的父母脸红。你会后悔的!"

玛丽娜走到卢宇光身边,挽起卢宇光的胳膊,做出一个气人的表情,故意气那个"少校"。

"少校"又打量了卢宇光一眼,大概是感到奇怪,这个其貌不扬的中国男人到底有什么魅力,能让一个俄罗斯女人神魂颠倒?

卢宇光向他回以微笑。

"少校"无奈,只得让他们在登记簿上签名。卢宇光毫不犹豫地用俄文签了他的名字。

注册户籍之后,他们又来到国际婚姻登记处。玛丽娜身穿婚纱,卢宇光自己开车,两人在国际婚姻登记处办理了结婚手续,并交换了结婚戒指。于是,他们就成了法律上的合法夫妻。

走出婚姻登记处的时候,玛丽娜对卢宇光说:"我想要个女儿。"

卢宇光说:"你一定会梦想成真。"

然后,卢宇光又开车拉着玛丽娜来到莫斯科南部的一个华人开的饭店,曲远芳大姐等一群朋友在这里见证并祝贺他们结婚。

三、胆战心惊

列夫·托尔斯泰在他的长篇小说《安娜·卡列尼娜》的开头这样写道:"幸福的家庭都是相似的,不幸的家庭则各有各的不幸。"

卢宇光与玛丽娜的婚姻也是如此。他们结婚的头几年,彼此关系还比较和谐。

2003年10月31日,玛丽娜如愿以偿,想要的女儿出生了。卢宇光给女儿起名安妮娅(中文名字:安娜)。

但是,时间一长,很多问题就显现出来了。

玛丽娜之前在战场上失去了一个丈夫,而现在的丈夫卢宇光又是一个职业记者,时不时要到战场上采访报道,因此她整天为丈夫提心吊胆,生怕哪一天再失去他。

俄罗斯有不少人酗酒,玛丽娜在失去第一任丈夫的时候,曾经用酒精麻醉自己。在与卢宇光结婚后,她一度把酒戒了,但是只要卢宇光一出差,她就开始酗酒。她不想让卢宇光去冒险,无法承受再次失去丈夫的打击。因此,卢宇光每次去战地采访,都不能告诉她去哪儿。就连去人质事件现场采访,他都不敢跟她说。

"别斯兰人质事件"结束后,时任凤凰卫视新闻总监的吕宁思带了一个摄制组来到莫斯科,准备到卢宇光家里采访卢宇光和玛丽娜,为凤凰资讯台制作一期专题节目。卢宇光说:"宁思,我老婆不能接受采访,我去别斯兰的事千万不能让她知道,否则她一定会受刺激。"

采访那天,卢宇光找了个理由,把玛丽娜支出去了。

第五章 异国婚姻

玛丽娜与母亲和女儿安娜

吕宁思的这次采访还记录了一个花絮。

卢宇光为了工作方便,在家里放了两个时钟,一个是"北京时间",一个是"莫斯科时间"。吕宁思让摄像师把两个时钟都拍下来了。

吕宁思说:"宇光家里有两个时间,一个北京时间,一个莫斯科时间,就像他们夫妻两个,一个代表北京,一个代表莫斯科。"

很多人把那两个时钟理解为卢宇光爱国之情的象征。

女儿安娜出生之后,卢宇光给家里请了一个保姆。2004年4月,卢宇光去伊拉克采访。有一天,卢宇光突然接到玛丽娜的电话,她哭着向卢宇光告状,说保姆跟她打起来了。卢宇光一听就知道她又酗酒了,说话语无伦次,也不知道她和保姆是怎么打起来的,情况严重不严重。但是,不管怎样,保姆和女主人打架,这还得了?!

他人在千里之外,不可能马上回家处理这种事情。怎么办?他只好给中国驻俄罗斯大使馆新闻处打电话,请求他们帮忙。

此时莫斯科已是深夜,中国驻俄罗斯大使馆的相关工作人员接到电话后,二话没说,带上两个人就开车去了卢宇光家。

深更半夜,三个壮汉突然闯进屋来,把玛丽娜和保姆都吓了一跳。工作人员向玛丽娜说明来意,玛丽娜十分欣喜,保姆却慌了神。工作人员简单了解了一下情况,原来是玛丽娜和保姆一起喝酒,两个人都喝醉了,情绪失控,就打起来了。问题倒是不严重,只是两个女酒鬼半夜三更搅得四邻五舍不得安宁。

工作人员严肃警告保姆。

保姆吓坏了,再三表示歉意。

工作人员当即给卢宇光打电话说明了情况。卢宇光得知家中并无大事,这才放心。

经此一事，玛丽娜心中很是得意，觉得丈夫很厉害，跟他在一起很有安全感。但是，她酗酒的毛病一直改不了，卢宇光一出差她就酗酒，醉得神志不清，还有几次闹着要跳楼。他们家住在十五层，假如哪一天她真的跳下去，这可不是闹着玩的。卢宇光被她搞得苦不堪言，有很长一段时间，他工作都不在状态。

他知道，玛丽娜是因为马克西姆的死精神受到刺激，怕再次失去丈夫。

2005年1月底，伊拉克临时政府举行议会大选，卢宇光在巴格达采访期间，有一发迫击炮弹落在离他很近的地方，但没有爆炸。采访回来后，他无意将此事当成笑话讲了出来，玛丽娜听着听着，突然"啊——"地尖叫起来，叫声长达三四秒钟。可能是卢宇光的这个笑话让她联想起了死去的前夫。迫击炮的炮弹都不曾吓到卢宇光，玛丽娜的这种状态却把卢宇光吓得不轻。他好不容易才让玛丽娜平静下来。一连好几天，玛丽娜都说她的脑袋疼得厉害。

从此以后，卢宇光在妻子面前总是谨小慎微，生怕哪句话说得不妥又会刺激到她，更不敢提那些战场上的事情。

过了一段时间，因为她的精神状态一直不太好，无法再胜任电视台的工作，她就辞职了，专心在家里带孩子。

玛丽娜的精神问题给他们的家庭生活罩上了一层厚厚的阴影。

第六章 阿富汗遇险

一、喀布尔遇险

阿富汗是个多灾多难的国家。

2001年12月7日,俄罗斯第一频道派出一支采访队,对阿富汗战争进行报道。卢宇光跟随采访队前往阿富汗。由于是战争期间,国际航班已经停航,采访队先是从莫斯科乘国际航班飞到塔吉克斯坦首都杜尚别,再从那里搭乘俄罗斯一家石油公司的飞机飞到喀布尔的。当时,俄罗斯有很多石油公司在阿富汗搞勘探和市场调研,经常有飞机往返。

采访队到了喀布尔以后,就住在俄罗斯一家石油公司里。

在喀布尔,卢宇光第一次看到美国军队。美军的服装和武器装备看上去很现代化:有沙漠迷彩服、墨镜、头盔、监视器,等等。

卢宇光见到了很多浙江老乡,他们大部分是温州人和台州人。台州人在那里擦皮鞋,温州人在那里修皮鞋,生意都很好。

第六章　阿富汗遇险

按照一般人的思维，擦皮鞋、修皮鞋能挣几个钱？

实际上，阿富汗人喜欢穿皮鞋。走在街道上，路上全是土，一般人会觉得，你擦了皮鞋一会儿又会脏了，没用啊！但是，当地穿皮鞋的人爱干净，脏了就擦，于是擦皮鞋的商机就来了。可能是因为皮鞋太贵，也可能是穿皮鞋的人家庭并不太富裕，皮鞋坏了不舍得扔，需要修理，于是修皮鞋的商机也来了！

卢宇光很佩服这些浙江老乡。

尽管塔利班的主力部队已经撤出喀布尔，但是还有不少恐怖分子隐藏在市内，时不时会冒出来制造事端。

12月中旬的一天，采访队到喀布尔市的一个市场采访。那里非常热闹，熙熙攘攘。突然人群出现骚动，很多人开始跑，

喀布尔市的露天市场

有人一边跑一边喊:"快跑!快跑!"

卢宇光也不知道发生了什么事情,就和同事一起跟着跑。众人跑着跑着,听到远处传来手榴弹的爆炸声,这下人群就更慌了。

接着,有一个类似美国手雷的东西重重地砸在卢宇光的左后脑勺上。多亏他戴了一顶棉帽,不然脑袋可能会被砸个窟窿。他感觉脑袋被砸后发出"嗡"的一声,一个跟头栽倒在地,心想:完了!砸在头上的手雷要是爆炸了,那自己还不得死啊?

他一动不动地趴在地上,静静地等待着那一声巨响。可是10多秒钟过去了,他居然没有听到那个恐怖的爆炸声。他心中暗觉侥幸:手雷哑火了!捡了一条命。

他想爬起来继续跑,忽然觉得右边身子不能动了,是那种半边身体瘫痪了的感觉。

采访队的同事见他爬不起来,就问他怎么了,他说:"我的右边身子好像瘫痪了。"

大家立刻把他架起来,跑到安全的地方,又叫来汽车将他紧急送往医院。

卢宇光被送进一家私立医院。这家医院据说是喀布尔的高端医院,里面条件挺好,收费也很高,每天收费好像是50美元。治疗费用由采访队承担。

医生先询问了有关情况,然后给卢宇光做了检查。因为他戴着棉帽,手雷并没有砸破他的头,只是砸出了一个红印。医生分析,可能是手雷砸到了某根神经,导致他的右侧身体暂时失去行动能力,过一会儿就会好转。

采访队的同事和卢宇光开玩笑说:"你很幸运哪!恐怖分子

是个新手,手雷忘记拉弦儿了。"

正如医生所说,过了大约两个小时,卢宇光的右侧身体渐渐恢复了知觉,手能动了,脚也能动了。

为安全起见,卢宇光在那里住院观察了一个星期。

二、一个"失踪"的人

卢宇光从喀布尔的私立医院出院以后,就跟随俄罗斯第一频道采访队来到阿富汗北部的昆都士省。该省有一批当年苏联军队占领阿富汗时留下来的伤兵,后来有些伤兵和当地的阿富汗女人结了婚,没有跟随苏联军队撤回国。

俄罗斯电视台有个叫《等着你》的栏目,采访队受这个栏目所托到阿富汗,去采访那些不愿回国的老兵。

从喀布尔到昆都士路途遥远,几乎全是山路,据说有上千千米。从地图上看,两者直线距离没有多远,所谓"上千千米",大约是把弯弯曲曲的盘山公路都算上了。

采访队在昆都士郊区采访了一个苏联时期的老兵,名叫安德烈,他在当地娶了7个老婆。

安德烈原来是第58集团军的一名士兵,在苏联军队入侵阿富汗的战争中负伤,然后就"失踪"了。所谓"失踪",是部队找不到他了,活不见人,死不见尸。原来,他负伤以后被一个阿富汗老大妈给救回去并藏了起来,等他养好伤,老大妈就把自己的女儿嫁给了他。他觉得人家待他挺好的,就不想走了,后来又一口气娶了6个老婆。

在阿富汗,能娶7个老婆的男人绝非等闲之辈,必是富翁或者是才能过人的人。而安德烈既非富人，也非能人，只是会一点儿修汽车的手艺而已。他的父亲是汽车修理工，他从小在汽车修理厂看父亲干活儿，也就学会了一些修车的技能。当兵后，他在坦克部队开坦克、修坦克。阿富汗老大妈所居住的地方比较偏僻，居民没有汽车，只有一些拖拉机。有的拖拉机坏了，没人会修，就成了一堆废铁。他看到了商机，于是就开了一家修理厂。一开始，他主要修拖拉机，偶尔也修修汽车。后来，阿富汗从巴基斯坦走私了很多日本生产的汽车，他便开始修汽车，生意就越来越火。当地很多人没有现金，无法用现金支付汽车或者拖拉机的修理费，于是用牛羊折价支付，因此安德烈家就有了很多牛羊。在当地，一个家庭拥有的牛羊数是判断家庭是否富有的重要标志。随着家里的牛羊增多，他的老婆也不断增多。

中国有个成语叫"乐不思蜀"，安德烈是"乐不思苏"。

安德烈原来在国内有老婆和孩子。阿富汗战争结束后，苏联政府以及后来的俄罗斯政府已经把他列入"失踪人员"名单，他老婆可以每月领取一份国家给予失踪人员家属的抚恤金，已经领了10多年。

采访队从莫斯科出发之前，《等着你》栏目组就委托他们去寻找这个人，因为有人说他还活着。所有人都没想到，他不但活着，还娶了7个老婆！

卢宇光说，这个老兵口才很好，很健谈，而他最喜欢谈的话题是和女人有关的。

他现在已经不叫安德烈了，改了一个阿富汗人的名字。可他原来的老婆和儿子还在莫斯科等着他呢！记者们动员他回去，他说:"那边有1个老婆,这边有7个老婆,回到那边,这边的老婆怎么办?我也不能把7个老婆都带回去啊!莫斯科那边的老婆和孩子可以来看我呀!"

摄制组的人给他录了像,准备拿回去在电视台上播放。

笔者问卢宇光:"这个片子在俄罗斯的电视台播了,他原来的老婆是不是就领不着'失踪人员'抚恤金了?"

卢宇光说:"那我就不知道了,后来我没再关注这件事了。"

对于安德烈,笔者真的不好进行道德评判。

人生是复杂的,世界是复杂的。有时候,现实生活往往比作家写的荒诞小说还要荒诞。

三、汗血宝马

昆都士山区,黄土遍布,卢宇光原以为那里是个兔子不拉屎的地方,没想到却在那里不断遇到惊喜。他第一次看到了传说中的汗血马。因为少见,人们称之为"汗血宝马"。

笔者也只是听说过这种马,没见过。

笔者问卢宇光:"你看到的汗血马有什么特点?"

卢宇光说:"它头是昂起来的,浑身都是肌肉,很矫健,一看就是那种气质很高贵的样子,是马中的贵族。"

笔者问:"汗血宝马的原产地应该是哪儿?是阿富汗吗?"

卢宇光说:"大概就那个方向,西域,中亚。"

笔者问:"这种马是不是很少啊?"

卢宇光说:"很少,但是在昆都士我见到了很多。"

为了把汗血马的事情说清楚,我特地上网查了一下资料。

马史专家认为，汗血宝马其实就是现在还奔跑在土库曼斯坦的阿哈尔捷金马。

笔者看了一下世界地图，发现阿富汗的昆都士距离土库曼斯坦很近。这就对了，土库曼斯坦的国宝来到近邻阿富汗的昆都士也是正常的。

结束了在阿富汗的采访，卢宇光跟随采访队返回俄罗斯。

回到莫斯科以后，卢宇光又到医院检查了一次身体，莫斯科的医生也说没事。他原来担心受伤的地方会有血肿压迫脑神经的情况，检查结果证明，没有血肿，平安无事。

第七章　加盟凤凰卫视

一、与凤凰卫视有缘

大约在 2001 年末，卢宇光认识了时任中央电视台新组建的莫斯科记者站负责人之一的李绥生，两个人成了无话不说的"忘年交"。

李绥生是中国第二代电视电影摄影师，曾是中央电视台的摄影师。他与原北京广播学院（现为中国传媒大学）副院长王纪言和电视系副主任钟大年均有交集。王纪言和钟大年后来都加盟了凤凰卫视，并成为高管。有一天，李绥生对卢宇光说："宇光，我有一次碰到王纪言，他们凤凰卫视想在俄罗斯发展记者，你可以试试。"

其实，卢宇光与凤凰卫视董事局主席刘长乐早就认识，时间可以追溯到 20 世纪 80 年代。那时，卢宇光是海军旅顺基地后勤部新闻干事，刘长乐是中央人民广播电台（以下简称"央广"）军事部负责人。

不过，那时卢宇光只是一个基层部队的小干事，与刘长乐的差距很大。之后的很长一段时间，两个人并无交际。

1989年，卢宇光正式从部队转业时，刘长乐远在中国香港创业。1991年，卢宇光在杭州酝酿去俄罗斯留学的计划时，刘长乐的卫视中文台开播。1996年，卢宇光在俄罗斯第一频道实习时，刘长乐创办的凤凰卫视开播。

2002年，经过一次次延期，卢宇光的博士研究生学业即将结束，他开始考虑正式就业的问题。起初，他想到俄罗斯第一频道工作，但是在那里他的工作仅限于翻译稿件、做些有关中国的新闻评论，感觉自己的能力派不上用场。他在考虑李绥生的建议，想到凤凰卫视去试一试。可是，他总得找个什么机会才好。不久，机会来了。

二、机缘到来

2002年10月22日，卢宇光所在的俄罗斯第一频道派他到俄罗斯南部的顿河畔罗斯托夫采访。去那里，他必须通过乌克兰的哈尔科夫。他拿的是中国护照，却忽视了一个问题：即便只是路过乌克兰，也要有乌克兰使领馆的签证。23日凌晨3时，卢宇光在睡梦中被乌克兰边境警察叫醒。边境警察看了他的护照，就把他赶下了车，不让他过境，还把他送回了俄罗斯边境城市别尔哥罗德市。

别尔哥罗德在俄语里是"白色的城"的意思，中文称之为"白城"。他在火车站等车的时候，忽然看见来了一列去莫斯科的火车，于是想都没想就上了车。

第七章 加盟凤凰卫视

这列火车到达莫斯科时是20时50分左右。卢宇光下了车，找到停在火车站的旧奥迪汽车，开车回了家。他和玛丽娜同居以后，就把家从红场附近搬到了莫斯科南部，这里的房子要比原来的房子大一些。他在回家的路上正好经过杜布罗夫卡剧院。他并不知道这里将有重大事件发生，只是向细雨蒙蒙中的杜布罗夫卡剧院扫了一眼，便开车过去了。

卢宇光后来得知，莫斯科时间10月23日21时05分，有3辆小巴士悄悄地开进莫斯科东南区杜布罗夫卡剧院，停在米里科娃街7号楼（原轴承厂文化宫）的广场上。车上的人员身着迷彩服，全副武装，静静地等待着命令。

卢宇光的妻子玛丽娜每天要主持22时的晚间新闻，他到家的时候，妻子已经去电视台上班了。他给妻子打电话，告诉她，自己在乌克兰边境被拦了下来，现已回到家中。

"莫斯科人质事件"现场——杜布罗夫卡剧院

玛丽娜对他说："你要小心啊！你不要老出去。"

卢宇光问："出什么事了？"

玛丽娜说："你一会儿看新闻吧！"

晚间新闻的播出时间要到了，玛丽娜匆匆挂了电话。

卢宇光赶紧打开电视，调到玛丽娜所在的莫斯科独立电视台的频道。22时，卢宇光在电视上看到了玛丽娜熟悉的面孔。她播报的第一条新闻是：莫斯科轴承厂文化宫发生了一起突发性事件。

独立电视台的摄像机就架在事发现场，那个时候武装分子刚刚劫持人质。一名警察要进去和武装分子谈判，被武装分子开枪击伤后送医院，经抢救无效死亡。卢宇光看到这个直播画面深受震撼，但仍然保持着一名记者的冷静情绪，马上打电话给中央电视台驻莫斯科记者站负责人李绥生。

李绥生说："你赶紧把这个情况写下来，我给你发到香港去。"

卢宇光马上给玛丽娜的办公室打电话，让她的助手马上把玛丽娜播报的稿子传真到家里来。卢宇光接到传真后，就根据独立电视台的稿子撰写了一份中文稿，传给李绥生。李绥生立即帮助卢宇光将这份稿子传到了凤凰卫视中文台台长王纪言的办公室的传真机上。

由于王纪言当时已经下班，他并没有在第一时间看到这份稿件。

卢宇光给李绥生发完传真，就马上赶往事发现场。实际上，这件事不需要他去，电视台没有给他任何命令。但他想，无论有没有命令，他作为俄罗斯第一频道评论部的雇员，有责任来报道这个事件。潜意识中，他觉得这件事对他来说是一次机会。

出发之前,他给李绥生打电话:"我要去现场。"

李绥生说:"宇光,这一炮你一定要打响!"

有了李绥生的鼓励,卢宇光决定尽自己最大的力量去做好这件事。

随后,卢宇光跟着俄罗斯第一频道的记者到达人质劫持事件现场。他们的位置离剧院只有约100米。

当天晚上,卢宇光利用回家拿东西和吃饭的机会,连续发了4份传真,李绥生都转发给了王纪言,最后一份传真是第二天凌晨2点钟发出的。这些传真成了卢宇光进入凤凰卫视的敲门砖。

之前李绥生建议卢宇光加入凤凰卫视,卢宇光一直觉得自己分量不够。如果像大学生求职那样,仅仅给人家投简历,好像差点儿什么东西。实际上,差的就是一份有价值的稿件。

10月24日早晨7时许,卢宇光接到一个来自中国香港的电话,对方说:"我是凤凰卫视的王纪言。卢宇光,我们任命你为凤凰卫视驻俄罗斯特约记者,你开始干吧!我们就看你的了!"

后来,卢宇光得知,李绥生给王纪言发传真的时候,把卢宇光的电话写在了传真件上。次日早晨,王纪言一到办公室,就看到了李绥生转来的卢宇光的4份传真,对"莫斯科人质事件"已经有了大概的了解,便立即召集同事开会研究处置方案。对卢宇光的任命一事,就是在这个短会上决定的。

王纪言在电话里简单了解了卢宇光的基本情况,知道他学的是电视专业,但在俄罗斯的电视台主要是做文案工作,没有出过镜,王纪言就根据凤凰卫视的特点要求,告诉卢宇光拍摄时角度应该怎么拍、要报道什么事、以什么语气说话，等等。

王纪言曾是北京广播学院的副院长，讲起电视直播，显得非常专业。

卢宇光虽然从未在电视镜头前报道过什么，但毕竟在俄罗斯的电视台历练好几年了，一直和电视打交道，知道电视报道的一些基本常识。

三、人生第一次直播

当天下午，卢宇光就开始直播了。凤凰卫视专门为卢宇光购买了卫星直播的时间段，告诉卢宇光几点到几点是直播时间。卢宇光第一次站在镜头前直播，开始时心里有点儿紧张，不过很快就适应了。

这个时候，人质事件并无进展，武装分子和俄罗斯警方一直处于胶着状态。时间长了，没有那么多新信息，凤凰卫视中国香港的主持人没话可说时，就会说"下面把时间交给前方记者"，或者说"听听卢宇光的现场报道……"。导播把画面切过去，卢宇光没有退路，必须无缝衔接地进行报道，不能冷场。这是最考验一个记者的智慧和能力的时刻。他的沉着、冷静和丰富的知识积累派上了用场，经常能"为无米之炊"。

卢宇光在事后了解到，武装分子对这次人质劫持事件蓄谋已久。

2002年夏天，车臣非法武装头目阿斯兰·马斯哈多夫在游击总部举行了一次会议，会议决定：在莫斯科以劫持人质的方式进行一次重大恐怖行动，战术与1995年在布琼诺夫斯克占领一家医院相似。

行动的直接组织者是马夫扎尔·巴拉耶夫，他是伊斯兰特别团的领导人之一。

此时，巴拉耶夫年仅24岁，他和叔叔都是车臣的武装首领，早就上了俄罗斯军队的武装分子名单。

参加恐怖行动的有将近50名武装分子，大约有一半是女性"自杀炸弹手"（又称"黑寡妇"），他们分别从俄罗斯南部向莫斯科集结。武装分子的大部分武器是用"卡玛斯"货车运输的，以运送苹果的名义做伪装，但卡车在途中抛锚了。因为不可能将武器重新装载到另一辆卡车上，所以巴拉耶夫下令，将武器藏在"日古里"汽车的行李架中，再用苹果进行覆盖。

武器和爆炸物被运到莫斯科北郊，这里有车臣人盖的别墅。武装分子用塑性炸药制造了大约25个带钢珠的自杀炸弹。

接着，武装分子以别墅做抵押，从银行获得了两笔贷款，总计约4万美元，其中大部分资金用于购买两辆二手福特全顺汽车和大众小巴士。

此外，10月上旬，武装分子又从车臣运来3发152毫米炮弹。武装分子将炮弹藏在运送西瓜的"卡玛斯"车中，转运到了莫斯科东南区的杜布罗夫卡出租房内。

这次行动，巴拉耶夫选择了21名男子和20名妇女作为敢死队员。

巴拉耶夫通过房地产经纪人用假护照登记，将这些人分散安置在3个公寓里。

行动前几天，一些成员乘公共汽车多次换乘抵达莫斯科，也有一些成员是从印古什乘坐飞机过来的。

巴拉耶夫于 2002 年 10 月 14 日乘坐 3 次列车，在两名武装分子的护送下到达莫斯科的喀山车站。

这个时段，武装分子还没有选定行动的目标，但是认定音乐厅和剧院最为适合。

"黑寡妇"负责人维塔里耶娃伪装成一个音乐剧爱好者，混在观众中，到莫斯科杜布罗夫卡剧院看了一场音乐剧。

维塔里耶娃与同伙携带摄像机将所有复杂地形录了像。

当夜，武装分子通宵开会研究战术，并决定在杜布罗夫卡剧院组织劫持人质行动。

在此之前，车臣武装分子为了转移联邦特工的视线，放风说，巴拉耶夫身负重伤，正在阿塞拜疆某地接受治疗。

俄军方面对此信以为真。10 月 10 日，俄军对一座疑为巴拉耶夫藏身之处的村庄进行导弹袭击，消灭了整个武装小分队。

由于飞往莫兹多克的直升机出现故障，疑似巴拉耶夫的尸体的 DNA 送检被耽搁了，俄军因此以为巴拉耶夫已死。

2002 年 10 月 23 日 21 时 15 分，武装分子冲入剧场，控制了 5 名手持电击枪的保安之后，冲进了音乐厅。当时音乐剧第二幕刚刚结束，舞台上有 8 位艺术家。一名手持机枪的武装分子走出来，命令演员们从舞台上退到大厅里。

为了证实他的话是认真的，他还朝天开了几枪，致使剧场大乱。武装分子宣布所有人为人质，但没有提出任何诉求。

劫持事件发生后，剧院中心大楼的一些演员和雇员设法将自己锁在房间里，也有人通过窗户和紧急出口离开了建筑物。

武装分子分布在剧院大厅周围，允许观众用手机给他们的亲属打电话，告知劫持人质现场的情况。接着，武装分子开始查验人质的证件，演员们都站在舞台上接受检查。

在大厅的中央和阳台上有两个金属圆柱体，上面被安放了遥控引爆接收器。每个152毫米高爆弹都衬有塑料板。

22时，附近警局的警察赶到杜布罗夫卡剧院，防暴警察和特警进入现场。来自俄罗斯第一频道、俄罗斯电视台等媒体的记者也先后抵达这里。

巴拉耶夫发布消息称剧院大楼已由他领导的车臣战斗人员占领，他们对外国公民（来自澳大利亚、德国、荷兰、乌克兰、格鲁吉亚、阿塞拜疆、英国和美国等14个国家的约75人）没有任何索偿要求，并承诺将释放他们。

23时05分，5名被锁在更衣室中的演员设法逃离了被占领的剧院大楼。

23时30分，俄罗斯特种部队的军事装备被拉到剧院的楼顶。此时，音乐技术小组的7名成员趁机逃离了剧院。

10月24日0时，剧院中心被完全封锁，调查人员设法与武装分子取得联系，要求他们放人，武装分子释放了15名儿童。

0时30分，谈判继续进行，武装分子要求俄罗斯政府停止敌对行动，并从车臣撤军。

2时，俄罗斯国家杜马来自车臣的代表阿斯拉克汉诺夫开始与武装分子谈判，但在短暂交谈之后，联系便中断了，双方没有达成任何协议。

3时50分，武装分子释放了两名学龄儿童。

5时30分，26岁的奥尔加走进大厅，与武装分子发生冲突。她被武装分子带到剧院中心大楼，受到讯问后被带到了走廊杀害。

8时整,武装分子又释放了41人。

"莫斯科人质事件"解救人质现场

10时20至50分,武装分子要求与红十字会的代表和无国界医生组织进行谈判,前提是这些组织的代表中没有俄罗斯人。不久,记者安娜·波利特科夫斯卡娅,政治家鲍里斯·涅姆佐夫、伊琳娜·卡卡玛达和戈里高利·雅夫林斯基进入剧院中心大楼与武装分子进行谈判。

卢宇光在直播的时候,并不了解这些具体情况,却能凭借几年来对两次车臣战争的了解,向观众讲述很多鲜为人知的背景资料。几年来,他在第一频道做文案工作的积累,在这个时候也发挥了很好的作用。

有一句很流行也很励志的话:机会永远留给有准备的人。

卢宇光就是那些"有准备的人"之一。

卢宇光在镜头前的第一次亮相,获得了多方人士的好评。

四、直播引起中国使馆的关注

2002年10月25日早晨,卢宇光又接到一个来自中国香港的电话,是凤凰卫视新闻总监吕宁思打来的。

吕宁思说:"卢宇光,恭喜你,你已经正式被凤凰卫视录用。王纪言台长授命我通知你,任命你为凤凰卫视驻俄罗斯记者站记者。"

卢宇光忙活了一夜,只在天亮前找个角落眯了一会儿,整个脑子还是蒙的,所以这个在别人看来是个"天大的好消息"的消息,却没有令他多么兴奋。他只是简单地说了两声"谢谢"就挂了电话。吕宁思也知道卢宇光在一线很辛苦,没有和他多说什么。

上午,李绥生跑到了事发现场,也不知道他是怎么闯进来的。一开始卢宇光还有点儿奇怪:中央电视台没有报道任务,他来干什么?

这时,李绥生已经知道了卢宇光被凤凰卫视正式录用的消息,他来,第一是向卢宇光表示祝贺,第二是对卢宇光进行现场指导。

李绥生说:"宇光,我昨天看了你所有的报道,总的来说很好,但是问题也不少。你现在的报道,俄罗斯当地电视台的风格比较多,这不行。凤凰卫视是华语电视台,你一定要记住,凤凰卫视的受众在中国啊!"

卢宇光听了李绥生的一番话,心里非常感动。

一个中央电视台的电视专家从莫斯科南部的家里跑到武装分子劫持人质的现场,指导一个凤凰卫视的新兵,这能不让卢宇光感动吗？

卢宇光在接受笔者采访时说："这个指导太重要了！不仅是对我的业务很重要，也对我的人生很重要！我对李绥生得叫师父啊！我的文字师父是林道远，我的电视师父是李绥生！"

经过李绥生的指点，卢宇光觉得心中豁然开朗，如果说前面的直播是"误打误撞"，那么下一次的直播他就是"胸有成竹"了。

卢宇光清楚：中俄两国在政治、文化、语言习惯等很多方面存在差异。人在俄罗斯，心要在中国，他要想中国观众所想，急中国观众所急，主持风格也要中国化。比如，俄罗斯人和其他西方国家的主持人喜欢在镜头前玩潇洒，挤挤眼，抖抖肩，时不时还会"哈哈哈"笑，这些东西在华人受众面前是不能有的。中国文化讲究端庄、大方。

劫持人质的现场比较危险，卢宇光请李绥生尽快离开此地，其他问题可以用电话交流。

李绥生刚走，中国驻俄罗斯大使馆新闻处的工作人员打来电话说："你这个凤凰卫视的记者在这里没有注册啊！你知道吧？没有注册，你的报道就是非法的啊！"

卢宇光一听这话，心里有点儿慌：是啊，事先他也没想到事情来得这么突然，匆匆忙忙就上阵了。如果俄方追究起来，那事情还真麻烦了。

卢宇光清楚，注册记者站，要到俄罗斯外交部去办理手续，这需要一些相关的文件。

他马上给吕宁思打电话报告："宁思，使馆来电话了，需要我们办理注册手续。"

第七章 加盟凤凰卫视

吕宁思说:"我知道了。"

他马上起草凤凰卫视给卢宇光的任命书,任命卢宇光为凤凰卫视驻俄罗斯记者站记者。

很快,凤凰卫视的营业执照、任命书等文件全部都被传过来了。

卢宇光让热尼娅把这些文件紧急送到中国驻俄罗斯大使馆。

中国驻俄罗斯大使馆新闻处的工作人员审核文件后,正式向俄罗斯外交部申请注册凤凰卫视记者站。

俄罗斯外交部新闻局很快就将记者站批了下来。

中国驻俄罗斯大使馆新闻处的工作人员通知卢宇光去领记者证,卢宇光派了热尼娅去办理。

下午4时左右,卢宇光又接到凤凰卫视的最新消息:"任命卢宇光为凤凰卫视驻俄罗斯记者站首席记者。"这些不断更新的头衔,都适时出现在凤凰卫视关于"莫斯科人质事件"的报道画面上。

这一天是2002年10月26日。

按照凤凰卫视的规定,新人必须试用1年,合格后方可留下。

10月24日卢宇光还是"特约记者",25日就晋升为"记者",26日一跃晋升为"首席记者"了。

卢宇光的记者生涯,3天完成"三级跳"。

这时,"莫斯科人质事件"刚进入尾声。

五、事件现场唯一的华语媒体

10月26日凌晨,俄罗斯阿尔法特种部队(即阿尔法小组)

准备开始解救人质的行动。

俄罗斯阿尔法特种部队是在苏联时期根据克格勃主席尤里·安德罗波夫的指示建立的，它的最初名称是 A 小组，1991年以后又被称为"阿尔法小组"。阿尔法特种部队隶属于俄罗斯联邦安全局，主要任务是打击国内外的恐怖分子、解救人质和处理应急事件。阿尔法特种部队组织严密，队员训练非常严格，行动极为敏捷，个个身怀绝技，都是狙击手、爆破手和通信专家，擅长秘密作战和执行侦察任务，心理素质好，在强大的压力下能够保持冷静和思路清晰。该部队是俄罗斯反恐行动的中坚力量。

5时30分，阿尔法特种部队士兵开始发动袭击。他们向剧院内发射了"迷魂气"，并在大楼墙壁上炸开了一个洞。双方发生激烈枪战。

6时30分，阿尔法特种部队冲进剧院，外面的人可以听到一系列爆炸声和枪声。有5名女人质逃出，30多名武装分子在战斗中被击毙，其中包括武装分子头目巴拉耶夫。所有女性武装分子身上都系着爆炸腰带。至少有8名人质被打死。阿尔法特种部队士兵无严重伤亡。

7时，爆炸声和枪声沉寂下来。

7时10分，阿尔法特种部队士兵将活着的武装分子押出剧院，许多被救人质也陆续离开，还有一些尸体被抬出。

7时15分，一名官员宣布绑匪头目巴拉耶夫被击毙。

7时25分，国际文传电讯社报道，安全部队已经彻底控制该剧院。

7时45分，俄罗斯联邦安全局官员说，在武装分子开始屠杀人质时，阿尔法特种部队才发起攻击行动。

8时15分，俄罗斯内政部副部长瓦西里耶夫说，大多数武装分子被击毙，"一小撮绑匪"可能混在人质中逃跑了，已经发布了对他们的通缉令。

卢宇光看到，那些人质被抬出来的时候，很多人处于昏迷状态，身体软软的，他们中的很多人可能永远不会醒来了。

人质被解救出来之后，大多被直接送进附近的医院，受害者的亲属从一家医院跑到另一家医院，寻找他们的亲人。卢宇光马上到医院采访，但医院管控很严格，一般人进不去。

卢宇光的助理热尼娅原来是医院的护士，在那家医院里有认识的人，他们这才得以进入。卢宇光他们进去以后，还必须和医院签一份协议，不能把治疗的经过泄露出去。

关于"莫斯科人质事件"，值得回忆的事情有很多。卢宇光印象最深的一点，就是此次人质事件，俄罗斯政府只允许少量媒体进入现场（一共6家），凤凰卫视是进入现场的唯一的华语媒体。

卢宇光回忆说："那个时候，我是以俄罗斯第一频道记者的身份进入现场。3天后出来，我已经是凤凰卫视的记者了。"

卢宇光说："我们拍了大量的现场材料，后来凤凰卫视都播了。"

六、凤凰卫视正式宣布命令

"莫斯科人质事件"结束以后，凤凰卫视派吕宁思专门到莫斯科，举行了一个简短而隆重的仪式，宣布凤凰卫视驻俄罗斯记者站正式成立，并宣布了卢宇光为首席记者的任命。

仪式结束后，吕宁思代表凤凰卫视领导和卢宇光进行了一次郑重其事的谈话，对卢宇光提出了要求和希望。

后来在闲聊当中，卢宇光意外得知，吕宁思"也是我军的"。

卢宇光认识吕宁思的很多朋友。

吕宁思之前也曾在海军服役，其工作性质和卢宇光当年在雪岱山的工作性质相似。他也是学俄语的，后来被调到解放军文艺出版社当编辑，之后还有一段海外求学和工作的经历，2000年进入凤凰卫视资讯台。

两个人越说越近，一见如故，就像是久别重逢的"哥们儿"。

吕宁思对卢宇光说："宇光，凤凰卫视要给你记功啊！"

卢宇光说："给我记啥功？记功的事还在后头呢！"

卢宇光在凤凰卫视的第一次亮相，可以说不同凡响。在这样一个举世瞩目的事件中，他的报道让凤凰卫视在华语媒体中独领风骚。

笔者在收集卢宇光的资料的时候，看到一篇记者电话采访他的文章，其中谈到"莫斯科人质事件"，摘录一段，以飨读者：

记：你坚持了多久？

卢：连续50多个小时。实在撑不住了就在草地上眯一下眼睛，休息一会儿。

记：吃饭怎么解决？

卢：吃几个面包。面包都很难买到，商店都关门了。可是我根本吃不下。我一看到面包，就想到里面的孩子，有时我根本一口都咽不下去。

记：当时你在现场做报道的时候，我也一直在电视机前面，觉得你还是挺平静的。如果是女记者看到这些，可能真的会情绪失控。

卢：我要记住，我是一个记者，当时是在工作。我想那些干什么呢？若是去想，可能我什么都做不下去了。我当然有我内心深处的东西，我自己也有孩子，但是男人，不一定把情感表现在脸上。

…………

记：你觉得你能够比较好地控制住自己的情感？

卢：当时，我真的是来不及想这些问题，我要做的工作实在太多了，不停地拍摄、采访。我不可能有时间让自己的情绪蔓延。

由此可见，在那种特殊环境中，作为一个合格的记者，卢宇光要克服很多困难。

一个好记者，必定是用特殊材料制成的人。

第八章　伊拉克历险记

一、一赴伊拉克

刚刚进入 2003 年，伊拉克就被笼罩在战争的阴云之中。敏感的新闻媒体认为伊拉克战争将不可避免，纷纷派出记者奔赴伊拉克首都巴格达。凤凰卫视已经在美国的"9·11 事件"、俄罗斯的"莫斯科人质事件"等重大事件的报道活动中崭露头角，这一次，在举世瞩目的伊拉克战争的报道中自然也不能缺席。

派谁去伊拉克，估计凤凰卫视高层心中早有安排。

2003 年 2 月，卢宇光领受了前往伊拉克采访的任务，为期半个月。后面接替他去伊拉克的是凤凰卫视总部的记者郑浩。

要去一个完全陌生的国度采访，卢宇光在出发之前做了比较充分的准备。他在俄罗斯外交部有一个同学，于是找同学了解伊拉克的情况。同学说："卢，我把你介绍给伊拉克驻俄罗斯大使馆的大使吧！看他能帮助你做些什么。"

卢宇光说："好啊！"

第八章 伊拉克历险记

同学就约了伊拉克驻俄罗斯大使馆的大使,卢宇光请大使到中国饭店吃饭。大使很高兴,就写了一封信让卢宇光带上,又送给卢宇光一张照片,是大使与伊拉克某领导人的合影。大使在照片后面用阿拉伯文字签了名。卢宇光不认识阿拉伯文,看不懂信的内容,听别人说,信上的意思就是要求伊拉克各单位对这位中国记者到伊拉克采访给予关照。

有了信和照片以后,卢宇光就跟拿到了特别通行证一样,高高兴兴地从莫斯科飞到了巴格达。那时,从莫斯科到巴格达有直飞的航班。

卢宇光出了巴格达机场,就感觉到了浓浓的战争气氛,到处都是掩体、战壕。伊拉克几乎全民备战,那阵势表明伊拉克要和美国决一死战。

卢宇光和他的摄像师住在巴格达一个五星级宾馆里面。后来,卢宇光发现,中央电视台的记者也住在那里,几乎所有的外国记者都住在那里。那里是报道伊拉克战争的"新闻大楼",楼很高,楼顶上的视野特别开阔,各电视台的记者在那里进行直播。

卢宇光也在那里做直播。实际上,那段时间所有的报道内容都很空洞,和平状态下所谓的"战地报道"并没有什么实际内容。

那个时候,谁都不愿意到巴格达去。一是从新闻角度来讲,巴格达没有什么新闻;二是美军和伊拉克军队作战,双方军事实力是不对等的。美军的"战斧"巡航导弹攻击的重点之一就是伊拉克的新闻机构,外国记者住的地方正是美军重点打击的目标。在那儿工作的人处境相当危险。

卢宇光在伊拉克待了半个月，有3件事让他印象最深。第一件事就是伊拉克的炭火烤鱼非常好吃。

第二件事是外国记者在巴格达，每2个星期就要验一次血。为啥？说是为了防止艾滋病。他们验了血就给外国记者盖个章，然后外国记者拿着这个证明去办签证延期，否则不给办。每次验血要收500美元，实际上就是变相地敛钱。如果真是为了防止艾滋病，他们就不会用一个针头给所有人抽血了。那些记者没被传染上艾滋病，真是万幸！

第三件事是卢宇光被伊拉克安全人员抓了起来，关进了巴格达大学的一个拘留所里。

外国记者到巴格达采访，官方会派人跟着。跟着卢宇光的这个人是伊拉克安全局的工作人员。他说这个能拍，卢宇光就拍；说那个不能拍，卢宇光就不能拍。有一次，走到巴格达大学，卢宇光一看巴格达大学那个桥底下都是坦克，没请示跟着他的人，就随手拍了一下。那个人一回头，脸就变了，要把卢宇光的录像带拿走做证据，然后就把卢宇光和摄像师关了起来。

关人的地方是巴格达大学的一个拘留所。拘留所位于大楼的地下一层，打开门，一股臭气扑面而来。拘留所里面关了一个欧洲人，头发特别长，不知被关了多久，他大小便都在房间里解决，所以房间里的气味跟厕所差不多。房间里有一个破冰箱，这个欧洲人把冰箱门打开，说："的士，你到不到机场去？"

原来他已经疯了。

这种地方卢宇光一分钟也不想待。他就使劲儿敲门，大声喊："来人哪！"

第八章　伊拉克历险记

过了好半天，终于过来一个小胡子男人，问："干什么？"

卢宇光说："我给你看一封信和一张照片。"

小胡子男人说："不看！"说完他转身走开了。

卢宇光又敲门，门"咣！咣！咣！"地响。小胡子男人没办法，又走过来。他一看照片，上面是他们的领袖，"咔"一下给卢宇光敬了一个礼，然后就跑开了。

过了一会儿，来了一个中校，问卢宇光："你是哪里的？"

卢宇光说："我是中国人，Chinese（中国人）。"

中校马上就把卢宇光和他的摄像师放了出来，还给卢宇光敬了一个礼，并把照片和信还给他，说："你要注意啊，这里有很多法律，你拍摄军事装备是违法的。当然，我不会把你当成间谍。如果你是西方人，拍了这个，就得被关在监狱里了，就像那个人一样。"

中校指的是那个长头发的欧洲人。

很快，卢宇光在巴格达"值班"的时间就要结束了。下一个"值班"的人是郑浩。

卢宇光给郑浩打电话，问他在哪里。他说："宇光，我在安曼。"

卢宇光说："郑浩，今天你应该到巴格达来接我的班了。我得回去了。"

郑浩说："宇光，对不起，你再坚持两天吧！安曼下大雪，飞机不能起飞。"

卢宇光的第一个反应是："中东怎么会下大雪呢，你是开玩笑吗？"

郑浩说："不是开玩笑，是真的！"

卢宇光一了解，安曼真的下雪了！60多年来第一次下雪。

卢宇光又待了几天，郑浩来了，他就走了。

卢宇光临走时想给老婆玛丽娜买点儿小礼品。有人把他带到了一家金店，说黄金首饰如何货真价实、物美价廉，卢宇光就买了一些，花了不少钱。等他回到莫斯科，老婆戴了一段时间，发现那些黄金首饰就变黑了。他们拿去检验，发现那些所谓的黄金首饰根本就不是纯黄金的，而是镀金的。

二、二赴伊拉克

1."中国人质事件"

在伊拉克与约旦之间有一条公路，被媒体称为"死亡公路"。不论人从这里入境还是离境，都危机四伏。2004年4月11日，7名中国福建籍务工人员在从约旦前往伊拉克的途中，成为伊拉克抵抗运动组织的绑架目标。

2005年1月18日，又有8名中国福建籍务工人员在这条路上遭到伊拉克武装分子袭击、绑架，被扣为人质。

一个自称是"阿尔·努曼旅"组织的武装分子声明，此次绑架事件是他们所为。

武装分子说："经过调查，发现有几个人在一个占领军控制的地方工作，如果他们放弃继续为占领军工作，我们将立即释放他们。"绑架者还要求中国政府必须表明在伊拉克问题上的立场，否则将会在48小时之内杀死这些中国工人。

实际上，这8名中国工人并非"为占领军工作"，而是要到一家中资私人企业去。

第八章 伊拉克历险记

有国际关系专家分析，武装分子此次绑架中国人，很有可能是为即将到来的伊拉克大选制造恐慌，并非有意针对中国人。但是，半岛电视台播放的一段录像显示，武装分子用枪指着8名人质，并声称要杀死这些中国工人。因此，这8个人的命运如何，还真是让人捏了一把汗。

凤凰卫视的领导把采访伊拉克"中国人质事件"的任务交给了卢宇光。

卢宇光通知摄像师："准备出发，马上去伊拉克。"

摄像师一听要去伊拉克，当即表态："不去！"

卢宇光说："那好，你被开除了。"

卢宇光只好一个人去伊拉克。美军占领巴格达以后，莫斯科至巴格达的航班就停飞了，他只能飞到约旦首都安曼再转机。

启程之前，卢宇光做了一些必要的准备。因为伊拉克的经济在战争中遭到严重破坏，他在那里无法用银行卡，只能用现金，所以必须带足现金。很多有经验的老记者告诉卢宇光，莫斯科有一个军品店，专门做军品销售生意，店内售卖战地服装和战地鞋。卢宇光特意去买了一双战地鞋，鞋跟底下有一个弹仓，可以用来藏钱，从外面看不出来。

卢宇光买了从莫斯科飞往安曼的航班的机票，迅速飞到了安曼。但是，从安曼到巴格达只有一个航班。据说执飞的飞机是从欧洲的航空公司租来的，已经停飞好几天了，不知哪天才能飞。卢宇光便住在安曼的巴勒斯坦饭店等消息。

在巴勒斯坦饭店，他碰到了一个来自中国南京的女孩。女孩姓李，会阿拉伯语，在当地一家旅游公司工作。因为不知航班什么时候才会有，卢宇光想到红海去看一下，就请会阿拉伯语的小李给他当翻译，小李痛快地答应了。卢宇光到红海岸边看了看，又急忙回到安曼等飞机。

小李有个男朋友，是名厨师，也是南京人，在安曼开了一家南京饭店。卢宇光就每天在那里吃饭。能在安曼吃到中国饭菜，他很开心。

等了3天，还没有航班的消息，卢宇光就有些着急。他对小李说："我要从安曼飞到巴格达去，航班取消了，啥时候飞也不知道。小李啊，麻烦你帮我找一个驾驶员，从安曼开车过去。"

小李说："没问题。"

卢宇光嘱咐道："车一定要好，要能够进行沙漠越野，最好是丰田那种。"

小李说："大哥，用这个车很贵的。"

卢宇光问："大概多少钱？"

小李说："5000美元左右。大哥，我给你找个可靠的人。因为你去巴格达的路上沙漠这么多，要开好长时间，很危险，所以一定要找靠得住的人。"

卢宇光说："你要是帮我找到了，我肯定感谢你啊！"

小李很快就找来了一个司机。司机是安曼人，身体健壮，有1.8米，30多岁，留有浓密的小胡子。时隔多年，卢宇光已经记不清他叫什么名字了，我们姑且称他"小胡子"。

1月的安曼天气很暖和，小胡子穿的衬衣领口敞开，露出一片浓密的胸毛。他围了一条阿拉伯风格的围巾，还送给卢宇光一条围巾和一件长袍。他让卢宇光装扮成阿拉伯男人，这样上路比较安全。

双方说好，从安曼开车到巴格达，报酬是5000美元。卢宇光又付给小李1000美元作为答谢。小李不收，卢宇光说："你对我这么好，我在你那里吃饭你也不收钱。饭钱总要付啊，在安曼，各种费用那么高，对不对？"

小李最后收了钱。

卢宇光和小胡子商定，第二天凌晨3点钟出发。

2. 步步惊心

按照约定的时间，第二天凌晨两个人就启程了。那个开车的小胡子有一把大口径的手枪，上车时，他拿给卢宇光看了一眼，表示安全没有问题。小胡子会俄语，他自称几年前曾到莫斯科航空学院学过驾驶，是运输机飞行员，驾驶过安–24那种飞机。他毕业回到安曼以后，因为个子高，吃得胖，就被淘汰了，随后退役。他开车开得很好，一路上就和卢宇光用俄语聊天。

从安曼到巴格达有一条高速公路，是国际媒体曝光度很高的国际公路之一。这条路在伊拉克境内被编为第10号公路，全程共930千米，其中在伊拉克境内有550多千米，在约旦境内有370多千米。这是目前进出伊拉克的主要通道。

据网上资料介绍，在从1991年1月开始的长达42天的海湾战争期间，这条高速公路遭到以美国为首的多国部队的飞机至少10万架次的轰炸。海湾战争停火时，这条路已经"体无完肤"，许多路段有直径二三米、深二三米的炸弹坑，到处都是报废的汽车轮胎。公路上的高架桥大部分被炸毁，钢筋水泥七零八落地躺在路面上，汽车只好小心翼翼地绕过堆满杂物的弹坑摸索前行。即便如此，汽车的轮胎还常常被尖利的弹片扎破。高速路两旁的附属设施，公路沿途的通信站、电力设备等都被袭击过。

因为路况不好，车子的速度不是很快。车子开出去200多千米时，沙漠里隐隐传来了几声枪响。小胡子把车停在路边，对卢宇光说，他们不能往前走了，太危险了。

卢宇光很生气："我已经将5000美元付给你了，你这样就太不像话了。"

小胡子说："我给你开回去，免费回到安曼。"

卢宇光说："那不行，我必须往前走。"

小胡子说："那你要加钱。"

卢宇光问："加多少？"

小胡子说："1000美元。"

卢宇光想：如果不给他钱，他可能真的就不走了。

这时卢宇光才恍然大悟：出发前，他给我看他的枪，原来不是为了我的安全，是想用枪来要挟我。

卢宇光说："给你500美元。"

小胡子说："不行，700美元。"

卢宇光也懒得和他讨价还价，就给了他700美元。然后，车子继续上路。这时候，卢宇光已经很不开心了，也懒得再和他聊天，一路上都在盘算，如果他故技重演，自己该怎么办？

车子又开出去几百千米，天要黑了，小胡子又把车停在路边，对卢宇光说："不行啊！我有老婆有孩子，再往前走很危险，这个生意我不做了，我要回去。"

卢宇光非常气愤，对他说："你真是开玩笑。走了一半路，你要回去?"

小胡子说:"前面是澳大利亚联军部队把控的地方,看到像你这样长相的人,他们一定不会放我们过去。"

卢宇光知道他是什么意思,就直截了当地对他说:"你提条件吧!这是最后一次了,你不能再这样啦!"

小胡子说:"你再给我加 1000 美元。"

卢宇光简直要气死了,可是主动权在小胡子手上,不答应小胡子肯定走不了。卢宇光打又打不过他,他还有把枪,要是他把自己毙了,将尸体扔在旷野里,谁也不知道啊!卢宇光只能寻找机会好好治一治他。

小胡子说要 1000 美元,也不能他要多少给多少,卢宇光就说:"我最多再给你 500 美元。"

小胡子说:"600 美元。"

卢宇光说:"好吧,600 美元。"

卢宇光心里琢磨:还有 300 多千米。他就是开 100 千米停一下,一次 600 美元,最多他再敲诈我 1800 美元,不行我就再给他 1800 美元。实在不行的话,我就把他的枪给夺下,这样就把他给赢了。

卢宇光付了钱,汽车继续往前开。

小胡子也不说话,将车子开得飞快。

卢宇光说:"你稍微开慢一点儿,你有老婆,我也有老婆,对吧?别翻车了!"

小胡子说:"没关系,我是飞行员出身。"

这条路上有一些美军把守的地方,为了避免不必要的麻烦,小胡子经常会开下高速公路,从普通道路绕行。汽车经过一个小镇时，卢宇光突然看到路边有一个灯箱的招牌，上面有两个英文单词——gun shop（枪店）。卢宇光一下就兴奋起来了。他之前听别人讲过，这里的路边有卖枪的地方。

在汽车经过枪店的时候，卢宇光大叫了一声："Park（停车）！"

汽车"嚓"的一声停下了，小胡子问："干吗？"

卢宇光说："我肚子不舒服，得上厕所啊。"

小胡子说："你赶紧去，到那个地方去。"他用手指了指厕所的方向。

卢宇光下车一看，那确实是卖枪的商店。他赶紧进去，用英语对卖枪的阿拉伯人说："我买枪。"

那个阿拉伯人的英语还可以，就把卢宇光带到里屋去了。商店外间挂的都是猎枪，里间摆的全是突击步枪，各种各样的，有美国产的，也有俄罗斯产的。

老板说："美国的比较贵，俄罗斯的比较便宜。"

卢宇光问那款俄罗斯的AK-47多少钱，老板说："500美元。"

卢宇光说："我要试一下。子弹给我免费。"

老板说："你给500美元。这枪有两个弹夹，我再送你两个弹夹，再送你两个手榴弹。"

卢宇光把枪拿过来，熟练地将两个弹夹装到枪上。在车臣的时候，他见俄罗斯士兵打仗换弹夹比较快，就跟着他们学了一下，就是把两个弹夹反过来装上去。一个弹夹是倒过来的，这个弹夹打完，弹夹不要扔，直接把那个弹夹反过来安上去。这都是老"兵油子"干的事。

老板一看卢宇光的动作这么干净利落，就用英语说："你也是个老兵？"

卢宇光笑一笑说"对"。说完，他又将两个西瓜手榴弹揣进兜里。

卢宇光从枪店里出来，小胡子正坐在车上打瞌睡。他一看卢宇光提着枪出来，有点儿毛了。卢宇光为防止他掏枪，一拉枪栓，对着空中"嗒嗒嗒"就是一阵扫射。枪店老板听到枪声，一下就冲了出来，不知道卢宇光在干吗。

卢宇光对小胡子说："把枪扔出来！"

小胡子乖乖地把枪扔出来了。

卢宇光捡起枪一看，枪里根本没子弹！原来这是一支气体手枪，不是热武器。这枪打的是铅弹，能伤人，但不会致命，一般是用来防身的。

之前，小胡子两次要求卢宇光加钱，卢宇光迫于这把枪的威慑力，不得不就范，却没想到这是一把气枪！卢宇光把气枪的弹夹卸了，扔到一边，然后把枪扔到另一边，防止小胡子把枪拿回去伤人。

小胡子看到卢宇光一脸怒气的样子，吓坏了，"扑通"跪在卢宇光面前说："卢先生，对不起！我收的你的钱都给你。我兜里还有6000美元，也送给你。"

说着，他就把身上所有的钱都掏了出来。

卢宇光说："我是中国人，我们中国人最讲究信誉。在这样兵荒马乱的时候，你送我，这是一种勇气，但是，你却因为我的和善而欺负我，我要给你一个教训！你知道是什么教训吗？"

卢宇光的这句话可把小胡子吓坏了，小胡子以为卢宇光要枪毙他，就一把鼻涕一把泪地说："卢先生，我对不起你啊！请你饶命，我有3个老婆6个孩子啊，最小的孩子才3岁。你不能让我的老婆失去丈夫，让我的孩子失去父亲哪！"

卢宇光看到他的样子感觉很可笑，也不理他，就把两次被他讹去的1300美元拿了回来，对他说："我是讲信誉的，你的钱我不要。你两次讹我1300美元吧？我收回。属于你的钱还给你。"

小胡子有些意外，满脸狐疑之色，可能在想：这个中国人这么好心，不杀我，还把钱还给我？他似乎有点儿不相信，不敢接卢宇光给他的钱。

卢宇光踢了他一脚，说："你好好开你的车吧！"

小胡子这才从地上爬起来，接了钱，连声说"谢谢"，回到车上发动了汽车。

过了一会儿，小胡子恢复平静，对卢宇光说："卢先生，我实话告诉你吧，再走60千米，前面我就过不去了。那个地方由澳大利亚特种兵守卫，我只能把你送到那里。"

卢宇光一听这话，心里"咯噔"一下，有点儿慌。他没料到是这个情况。原来说好是从安曼到巴格达5000美元，现在他还要重新租车，不知又要被敲诈多少钱。

小胡子说："卢先生，你是个好人。我对你这么不尊敬，你还放了我一马。卢先生你放心，我一定帮你再找一辆出租车，让我的朋友免费送你到巴格达。"

原来，小胡子经常跑这条路，哪里有什么国家的驻军把守，他都非常清楚。

3. 一路高歌

汽车开到一个地方，路边有几栋房子。小胡子把车停在路边，就去敲一栋房子的门，很快从里面出来一个人。卢宇光待那人走近了一看，发现对方也是一个小胡子——当地男人都喜欢留小胡子。只是这个小胡子比前面那个小胡子要矮、瘦，我们姑且称他"瘦小胡子"。

瘦小胡子一看卢宇光手里有枪，就吓得后退了一步。

小胡子对瘦小胡子说"别怕，卢先生是好人"，然后就介绍卢宇光和瘦小胡子认识。

巴格达允许私人持枪，但要有持枪证。卢宇光买枪的时候没有拿持枪证，小胡子就让瘦小胡子给卢宇光弄一个持枪证。

卢宇光觉得瘦小胡子看上去很善良，就说："我啥也不要，到了巴格达，我要枪干什么？这支枪到时候就送给你了。"

瘦小胡子很开心。卢宇光要把两个手榴弹也给他，他有些不相信："手榴弹是不是真的？"

卢宇光说："那我们就试一下呗！"

卢宇光知道这种"西瓜手榴弹"怎么用。他们跑到一个坑里，卢宇光按住手柄，拔掉插销，将手榴弹扔了出去，几秒钟后，手榴弹就"咣"一声爆炸了。

瘦小胡子说："这是真的啊！"不过他觉得这个东西不好玩，另一个手榴弹他没要，卢宇光就自己收了起来。

小胡子留下休息，瘦小胡子开车送卢宇光去巴格达。

前面没多远就是一个卡口，驻守在这里的是澳大利亚联军。瘦小胡子在卡口哨所前停车接受检查。一个亚洲人面孔的澳大利亚士兵看了卢宇光的护照,用标准的北京话问道:"老卢,你是中国人哪?"

卢宇光听到对方讲汉语,吃了一惊,没想到在伊拉克,在澳大利亚联军里面会有一个说中国话的人,不由得一阵狂喜。接着双方就问起彼此的情况。

原来这是个澳籍华人,加入了澳大利亚军队。这次伊拉克战争有英国、澳大利亚等多国军队参加。

卢宇光和这个华人老乡越聊越开心,彼此勾肩搭背,亲热得不行,把那个瘦小胡子看得目瞪口呆。他不懂汉语,也不知道卢宇光和澳大利亚军队大兵在说啥,但是见卢宇光在澳大利亚联军里面有"熟人",就对卢宇光越发尊敬了。

卢宇光在安曼的时候,导游小李见卢宇光喜欢吃南京盐水鸭,就给他带了3只,让他路上吃。一路上,卢宇光光生气了,也忘了吃。卢宇光在这里见到北京老乡,就想起了车上带的盐水鸭,便送给那位老乡一只。

这可把北京老乡高兴坏了。在伊拉克,能吃到中国南京的盐水鸭,太难得了,他说就跟做梦一般!

北京老乡对卢宇光说:"老卢,前面哨所还有一个哥们儿,也是华人,老家是广东的。我给他打电话了,他说他换个班儿,在哨所等你。"

卢宇光一听这话,满心欢喜!

告别北京老乡,卢宇光和瘦小胡子继续上路。广东老乡原来是2点钟值班,为了迎接卢宇光,换了个4点钟的班。

卢宇光见到广东老乡,双方都很高兴,卢宇光也送给他一只盐水鸭。

广东老乡告诉卢宇光:"在巴格达,我有一个哥们儿,也是华人,在美军机动营里。他是美籍,从美国西部一座城市过来的。他是第三代或者第四代的华人,汉语说得不好,但是会说两句。他们机动营的人住在一个饭店里,你有什么事就找他。"

广东老乡把那个美籍华人的电话给了卢宇光。

卢宇光更加开心了,先前是"山穷水尽疑无路",现在是"柳暗花明又一村"哪!

那个开车的瘦小胡子对卢宇光更加佩服,一个中国记者在这一路上都有"美澳联军"接待,牛啊!

4. 巴勒斯坦饭店

卢宇光经过一天一夜的奔波终于抵达目的地——巴格达巴勒斯坦饭店。卢宇光下了车,与瘦小胡子告别,带着行李到饭店的前台去登记。

卢宇光为什么要住巴勒斯坦饭店呢?因为美联社在这里做电视直播,凤凰卫视可以租用他们的设备。这些都是凤凰卫视中国香港总部的人安排的。

在中东地区,名叫巴勒斯坦饭店的大酒店很多。

巴格达巴勒斯坦饭店前台值班的人也是一个小胡子。小胡子向卢宇光索要150美元的小费,遭到卢宇光的拒绝。卢宇光想,这一路花销巨大,身上已经没有多少钱了,住饭店的钱已经付了,就登记一下还要小费,不能给了。

前台的小胡子索要小费被拒绝,很不爽,就故意刁难卢宇光,说找不到预订房间的信息。

卢宇光就坐在大厅的沙发上等他去查。由于在路上颠簸了

20多个小时，基本没怎么睡觉，卢宇光坐在沙发上很快就睡着了。一觉醒来，已经过去了两三个小时，他到前台去问，小胡子说还没找到。卢宇光给中国香港总部打电话，总部把各种材料都传真过来了，前台小胡子仍然说查不到。

卢宇光知道，他是为没有得到小费进行报复，可又拿他没办法。这时卢宇光忽然想起澳大利亚联军的广东老乡介绍的那个华裔美国大兵，就给他打了电话。华裔美国大兵接了电话，卢宇光简要说明了情况。对方汉语说得磕磕巴巴，但非常热情，说："我有一个战友就在你住的那个饭店里，他是美军机动营的下士，也是华人。你等一下，我给他打电话。"

过了没一会儿，那个华人美军下士就来了。他提了支枪，穿着沙漠迷彩服，向卢宇光问清情况，就走到前台对那个小胡子说："怎么回事？怎么会没有这位卢先生的预订信息？"

前台的小胡子一看美国大兵出面了，就装模作样地找了一番，然后说："啊，我们终于找到了！卢先生，我们已经找到了你的名字！"

卢宇光对华人美军下士说："谢谢你，下士。"

下士说："我住在上面的十二层，你有事可以找我。"他告诉卢宇光他的房间号和电话，就去巡逻了。

前台的小胡子给了卢宇光一把房间的钥匙。卢宇光一看，房间也在十二层，正好和下士住一层，然后就提着行李上了电梯。

电梯到达十二层，门一开，卢宇光吓了一跳，第一个反应就是：小胡子太坏了！

十二层是美军机动营的驻地，电梯外面搭建了工事，满眼

第八章 伊拉克历险记

都是沙包、弹药箱,乱七八糟的。这哪里是宾馆,简直就是一个野外阵地!把卢宇光安排在这样一个地方,显然是前台的小胡子的另一种报复行为。

卢宇光感到奇怪:美军也够开放的,居然没有对他们的工事进行戒严,还让饭店安排客人和他们同住一层楼。如果房客中有恐怖分子引爆了炸药,美军岂不是伤亡惨重?

卢宇光提着行李,小心翼翼地迈过走廊上的担架、弹药箱,走到自己的房间门口。他打开门一看,房间的阳台上全是沙包。原来这个阳台是美军的观察哨,美军哨兵可以从旁边房间的阳台跳到这个阳台上来,用望远镜进行观察。但是,他这个房间的窗户没有用沙袋遮挡,美军只在玻璃上贴了一些防碎的胶带。

具有军事常识的卢宇光认为这个房间非常危险,如果远处有狙击手朝这里射击,他连个躲藏的地方都没有。他想下楼去找小胡子换个房间,一出门,就见走廊上全是美国大兵。刚才外面还空无一人,现在却挤满了人。一个美国大兵看见他,愣了一下,对他说:"回去!战斗区域,禁止通行!"

卢宇光只好退回房间。他太累了,暂时也不想折腾了。他把房间反复勘察了一下,认为屋里最安全的地方就是卫生间了。他把床上用品都垫在浴缸里,穿着防弹服,戴着钢盔,脖子底下垫上衣物,然后在浴缸里美美地睡了一觉。

到了晚上8点多,饭店的楼上就热闹了。美军机动营的机枪"嗒嗒嗒"地响了起来,只响了一阵就停了。过了一会儿,机枪又"嗒嗒嗒"地响一阵,大约间隔半个小时,又响一阵。

这是干啥?卢宇光琢磨了许久,认为那是晚上值班的机枪手在给自己壮胆儿,否则他无法解释这种行为是为啥。

几乎又是一个不眠之夜。好不容易熬到天亮，卢宇光早早地就带着行李来到大厅，想把他的房间换到下面去。

前台还是那个小胡子在值班。他看见卢宇光，很不耐烦地说："没上班，8点以后上班。"

卢宇光无奈，那就坐等吧！

8点钟到了，卢宇光对前台的小胡子说："你帮我换一下房间，我给你小费。"说着他拿出150美元递给小胡子。

小胡子说："500美元。"

卢宇光愣了一下，没想到过了一个晚上小费就上涨了350美元。这显然是小胡子对他昨天拒绝付小费的报复行为。卢宇光在巴格达尝到了"人在屋檐下，不得不低头"的滋味儿。他不想再和小胡子讨价还价，怕小胡子再闹什么幺蛾子，就乖乖地拿出了500美元交给小胡子。

小胡子收了500美元小费，脸上掠过一丝不易被人察觉的胜利的微笑，那神情仿佛是说：早知今日，何必当初？

小胡子问卢宇光："你要换到2楼还是3楼？"

卢宇光问："美联社住几楼？"

小胡子说："3楼。"

卢宇光说："我也住3楼。"

自"别斯兰人质事件"以来，卢宇光就开始跟美联社打交道。这次到伊拉克，他没带摄像师，直播的时候还需要请他们帮忙。

卢宇光住进3楼的房间后，感到身心疲惫，心情很糟糕。被小胡子宰了一刀，身上的钱也不多了，卢宇光又气又累，什么也不想干，干脆待在房间里休息。他在心里盘算，身上的钱还能在巴格达待几天。

因为闲着没事，他忽然就想起上次在巴格达吃过的炭火烤鲤鱼，到处打听哪里可以吃到炭火烤鱼。他得到的信息是：从战争开始，无人来巴格达旅游，炭火烤鱼已经没人做了。

中午到餐厅吃饭的时候，卢宇光对餐厅的一个服务员说要吃炭火烤鱼。这个餐厅服务员也留着两撇小胡子，为了叙述方便，我们姑且称他为"餐厅小胡子"。

餐厅小胡子说，炭火烤鱼要40美元一份。

上次卢宇光吃的炭火烤鱼是20美元一份，现在价格居然翻了一番，但因为太想吃，他也就不管那么多了。

餐厅小胡子说："你要先付钱。"

卢宇光说："先付钱哪？万一我吃不到怎么办？"

餐厅小胡子说："不可能的，我天天在这儿上班。"

卢宇光想想也是，就给了他40美元。

晚餐的时候，餐厅小胡子就把卢宇光预订的炭火烤鱼端上来了。烤鱼用锡纸包着，看上去挺像那么回事，可是一入口就露馅了。

卢宇光是浙江人，从小就会吃鱼，这鱼之前是死鱼还是活鱼他马上就能辨别出来。一口下去，卢宇光就知道这是一条冰冻鱼，一点儿鲜味没有，味同嚼蜡。而且，这鱼是用烤箱烤的，不是炭火烤的。用炭火烤的鱼会有一种发黑的火烤状态。

卢宇光把餐厅小胡子叫过来，对他说："你把我骗了。"

餐厅小胡子马上知道卢宇光指的是什么，就说："卢，战争期间，你能吃到这个，已经是贵宾的待遇了。"

卢宇光想想也是。他把其中一条鱼两边的肉吃了，剩下的鱼就放在那里，对餐厅小胡子说："你包好，明早我吃。"

第二天早上，卢宇光一进餐厅，就看到一个美军上校在吃他昨天剩下的那条鱼。

卢宇光把餐厅小胡子叫来："我那条鱼呢？"

餐厅小胡子说："你那条鱼已经没有了。"

卢宇光问："哪儿去了？"

餐厅小胡子说："被猫吃了。"

卢宇光说："我告诉你，如果我现在到美军上校那里说一下，你的脑袋就要搬家。你把我吃剩的鱼给美国军官吃，你好大胆！"

餐厅小胡子一看蒙不过去了，吓得满头大汗，连忙对卢宇光说："对不起，对不起，卢先生，你是我的恩人哪！"

卢宇光在巴格达巴勒斯坦饭店。（2005年）

卢宇光问他收了美军上校多少钱,他说收了 70 美元。一份所谓的炭火烤鱼,他居然两次卖了 110 美元!

餐厅小胡子对卢宇光说:"我是这个餐厅的负责人,你有什么要求,我会给你帮助。"

卢宇光想,这样也行,那个鱼没啥好吃的,就叫他老老实实地伺候我吧!

从此,餐厅小胡子对卢宇光十分照顾,每次吃早餐,别人分得 2 个鸡蛋,卢宇光会得到 4 个鸡蛋。

三、三赴伊拉克

根据 2004 年 3 月 8 日正式签署的伊拉克临时宪法,伊拉克于 2005 年 1 月 30 日举行大选。大选将选出拥有 275 个席位的过渡议会。但是,随着大选临近,恐怖袭击的威胁也逐步加剧。

为报道伊拉克过渡议会选举,凤凰卫视再次派遣卢宇光去巴格达采访。

这一次采访伊拉克大选要比他采访人质事件还要惊险,用他的话说,他受到了一次难以忘怀的惊吓。

那天,在伊拉克的一个投票站,卢宇光与几个西方记者在那里采访投票情况。突然,一发迫击炮弹发出特有的"嘘——"的呼啸声,向投票站飞来。从 1999 年参加车臣战争的战地采访以来,卢宇光已经在各个战场上奔波了 6 年,积累了丰富的战场经验。他一听到迫击炮弹拖着"嘘——"的呼啸声飞来,便大喊了一声"卧倒",当即趴到地上。那几个年轻的西方记者根本不知道发生了什么事,看见卢宇光的"过敏反应",甚至觉得很好笑。

很快,一发迫击炮弹落在距离他们几米远的地方,炮弹如果爆炸,那几个西方记者就会非死即伤,卢宇光则可能安然无恙。因为炮弹爆炸的角度是一个向上的扇形状态,卢宇光趴在扇形的死角处,一般不会被伤到。

令人感到诡异的是,这发炮弹落地之后并未爆炸,而是像一枚陀螺一样,弹头朝下直立着旋转。

卢宇光用惊恐的目光盯着旋转的炮弹,那几个西方记者居然没有一点儿恐惧的表情。

"陀螺"转了几秒钟,旋转速度慢慢降下来,然后"扑通"一声倒下了,躺在地上继续转。富有战场经验的卢宇光顿时恐惧起来。炮弹落地就炸,他趴在地上炮弹可能伤不到他,现在炮弹躺在地上,一旦爆炸,就不知道炮弹头往哪边蹿了。

好在炮弹没响,躺着转了几圈,就停在那里不动了。原来这是一颗哑弹!

又过了一会儿,炮弹仍然没有动静,卢宇光马上起身跑开了。那几个西方记者这时才回过神来,紧跟着卢宇光奔跑。

好在这是虚惊一场,有惊无险。

结束巴格达的采访工作后,回到安曼的卢宇光得到两个让他后怕的消息,其中一个是他在安曼入住的巴勒斯坦饭店在他离开不久后即发生爆炸。

中国人民解放军总装备部的一个代表团住在那里,爆炸发生后,代表团中有一人死亡,多人受伤。

另一个消息是,他在巴格达入住的巴勒斯坦饭店在他离开以后,也受到恐怖分子自杀炸弹袭击,死伤60多人。

第八章 伊拉克历险记

有人说卢宇光是个"福将",几次遇险都逢凶化吉。

2000年在车臣,装甲车被炸飞了一半,他没事;2001年在阿富汗,手榴弹砸在他头上没爆炸;2004年"别斯兰人质事件",恐怖分子朝他跑过来,开枪也没伤到他。再加上2005年这次在巴格达,迫击炮弹落到他的眼前也没炸,更不要说2次巴勒斯坦饭店的爆炸案了。这么多险情他都能平安无事,你说,他是不是"福将"?

关于他遭遇迫击炮袭击,炮弹没炸这件事,在本书《异国婚姻》那一章里曾经写到。他回到莫斯科后,把这段经历当笑话讲给他的俄罗斯妻子玛丽娜听,致使玛丽娜精神崩溃,继而失常,整个人都几乎要疯掉了。

卢宇光战地历险的经历成就了他的事业,也毁掉了他的家庭生活。

第九章　别斯兰人质事件

一、紧急赶赴别斯兰

2004年8月31日，莫斯科里加地铁站附近发生爆炸案，卢宇光和助手从下午5时一直忙到9月1日凌晨5时。回到住处，困乏至极，卢宇光一躺下就睡着了。他感觉刚刚睡了没多长时间，手机突然响起，他一看来电显示，是吕宁思。

卢宇光的第一反应就是：大事不好！

吕宁思时任凤凰卫视新闻总监，卢宇光作为凤凰卫视驻莫斯科的记者，平日里联系得最多的总部同事就是吕宁思。他们之间一般通过邮件等方式沟通，吕宁思很少给他打电话。

吕宁思在卢宇光接通电话之后，用急切的语气对卢宇光说："赶紧起来看一看！俄罗斯出绑架事件了！"

听到这句话，集军人素质和记者敏感性于一身的卢宇光立刻来了精神，一跃而起，打开电脑。他一边揉着惺忪的眼睛，一边在网上搜索。可是网上什么消息都没有。他连忙给俄罗斯

第九章 别斯兰人质事件

的朋友打电话,大家都对绑架事件一无所知。卢宇光在心里嘀咕:是不是搞错了?

卢宇光刷新了一下网页,哗!有关消息全出来了,果然发生了劫持人质事件!在北奥塞梯的别斯兰市。

卢宇光紧盯着电脑,一遍一遍地刷新网页,有关劫持人质的信息渐渐多了起来。北奥塞梯当局对外公布了绑匪和人质的数字:有15～20名武装分子袭击了位于俄罗斯北奥塞梯别斯兰市的一所学校,劫持了200～400名人质,其中大部分被劫持者是孩子。

吕宁思在电话里对卢宇光说:"赶紧买票到北奥塞梯别斯兰去,无论如何一定要去报道此事。"

吕宁思和卢宇光都是军人出身,虽然是上下级关系,但彼此相处得像朋友一样。那天,吕宁思把凤凰卫视高层的命令以一种开玩笑的方式传达给卢宇光:"干不好这件事情,你要倒霉了!"

卢宇光心里清楚此事的重要性。他马上通知助手准备出发,并把平时准备好的电池、充电器、卫星手机、三脚架、摄像机等拿起来就走。

别斯兰市位于北高加索中部的北奥塞梯-阿兰共和国东部,距离莫斯科2000千米,是一座居民只有3.4万人的小城市。那里有个机场,但不叫别斯兰机场,而是以北奥塞梯首府弗拉季高加索命名的。卢宇光打电话问了一下,当日直飞弗拉季高加索机场的飞机只有中午一班,且机票早就售罄。

吕宁思的电话不断跟进。

"这不是一天两天的工作,东西要带齐。"

"你一定要不惜一切代价地赶到现场。"

"宇光,你立功的时候到了!"

卢宇光带着这些嘱托和鼓励的话语前往莫斯科多莫杰多沃机场。虽然明知肯定坐不上中午的飞机,但他还是希望能有奇迹出现。实在不行,他还有第二套方案:乘坐晚上6点的航班飞往顿河畔罗斯托夫,再由顿河畔罗斯托夫坐车辗转400千米去别斯兰。军人出身的卢宇光善于制定多种方案应对复杂的局面。

到了机场,卢宇光不停地打电话联系他在莫斯科的熟人。他有一位在莫斯科大学读书时认识的叫A·安德烈的同学,那名同学在俄罗斯内务部负责新闻记者管理工作。A·安德烈告诉他,内务部有一架飞机要去别斯兰。

卢宇光听到这个消息,立刻兴奋起来,像一名溺水者抓住了一根浮木:"你一定要让我上飞机,否则我的饭碗就砸了!"

这位同学很有怜悯之心,同意带卢宇光上飞机,但要求卢宇光必须声称自己是在为俄罗斯的电视台工作——一个毫不相干的外国媒体记者怎么能搭乘俄罗斯内务部的飞机呢?当然,飞机也不能白坐,卢宇光支付了1000美元。

下午3点多钟,内务部的飞机降落在弗拉季高加索机场。此时,别斯兰市已经被封锁,卢宇光若想进去,就必须等到第二天早上10点去办理特殊通行证。卢宇光不可能等到第二天,他和摄像师安德烈(俄罗斯名叫安德烈的人特别多)商量了一下,决定两个人分头行动,绕过路上的哨卡,到里面会合。

卢宇光为了分散警察的注意力,就说要去厕所,安德烈趁警察不注意,溜进了封锁线。卢宇光一直到了晚上才有机会溜进去。安德烈当过测绘兵，对运用指南针很熟练。他们就按照指南针所指的方向向目的地挺进。当时，他们身上背着80多斤重的设备：1台大摄像机、1个三脚架、5块电池，还有卫星电话。26千米的路程，他们足足走了6个小时，到达被劫持人质现场——别斯兰第一中学——已是9月2日的凌晨了。

卢宇光后来在接受记者采访时说："现在想想，真的都不敢想象，我居然有那么大的能量，背了那么多东西，走了那么长的路。"

记者问："那你觉得这个力量来自哪里呢？"

卢宇光说："新闻在哪里，我们必须第一时间赶到哪里。别的事都是次要的。"

记者问："你们是最早赶到现场的记者？"

卢宇光说："赶往现场的媒体中，第一家是'美联社'，第二家是'欧洲广播联盟'，第三家就是我们凤凰卫视。后来媒体记者就越来越多了，来了300多家电视台的记者。"

二、现场一片混乱

别斯兰在当地语中是"狮子公爵"的意思。这座小城市的历史并不算长，据文字记载，19世纪初，大批居住在高加索山区的奥塞梯部落迁居至北高加索平原地区。

1847年，奥塞梯族的图拉多夫家族在弗拉季高加索西北面圈地殖民。图拉多夫家族这一代有兄弟三个：萨胡格、乌斯曼和别斯兰。最年轻的别斯兰中尉率领一群族人前往那里建立村落，地名就叫"别斯兰·图拉多夫"。

别斯兰在20世纪初就建立了3所中学,那里的学校被认为是奥塞梯最优秀的文化教育场所。别斯兰是一座安静的小城,2004年9月1日的枪声突然打破了小城100多年的平静。

卢宇光后来得知,那天上午9时10分左右,别斯兰第一中学刚刚举行了开学典礼。突然,两辆汽车驶进校园,车上是一群蒙面武装分子。

在学校执行保护任务的警卫人员想阻止他们,在经过短暂枪战后,蒙面枪手控制了这所学校。首次枪战导致10人死亡,死者大多是警卫,还有一名是蒙面枪手。

蒙面枪手把孩子、家长和老师们赶到了学校大楼内。恐怖灾祸从天而降,把在场的人都惊呆了。据说,有个男人站出来保护孩子,被绑匪当场开枪杀害了。

不过,在绑匪的枪口下,也有少数孩子趁混乱躲到了学校的锅炉房里,藏身于暗处,逃过了恐怖分子的凶恶目光。后来,大约有15个孩子从锅炉房里逃了出来,向媒体讲述了事发经过,外面的人这才知道里面发生了什么事。

在此之前,别斯兰的名字对全世界绝大多数人来说可能是陌生的。事件发生后,不少国际新闻传媒还不知道别斯兰在什么地方,但是从那一刻起,北奥塞梯成了国际媒体驻莫斯科记者争先恐后赶赴的目的地。

在卢宇光和他的摄像师徒步走向人质被劫持现场的时候,远在几千千米之外的凤凰卫视中国香港总部也进入了"紧急状态"。

在当天晚上9点的《时事直通车》栏目里,"别斯兰"出现在凤凰卫视的头条新闻中。夜间的《凤凰全球连线》栏目,胡一虎的第一句话就点出了事件的严重性:"今天,是恐怖的'9·01'!"

9月2日,事件进入第二天。这座偏安一隅的北高加索小城,一夜之间为世人所知。

卢宇光和摄像师赶到现场后,看见现场一片混乱,根本不像是劫持人质现场,更像是集市,主要是因为学生家长太多了。1000多名师生,对应着来了5倍以上的家长和亲属,再加上关心该事件的市民、媒体记者,以及维持秩序的军警,现场起码有上万人。有限的警力根本无法拦阻大海浪潮一样的人群。

别斯兰第一中学是当地最优秀的学校,当地的富裕家庭大都把孩子送到该校上学。很多家长是当地的官员或富人,这些人更不好劝阻。现场到处都是吵架谩骂之声,只有偶尔响起的枪声,才能让家长们稍微安静一会儿。还有一些家长携带了武器,恨不得自己冲进去救出孩子。

这种情况也可以理解,谁家的孩子被恐怖分子劫为人质,家长会不着急?

卢宇光和摄像师安德烈好不容易挤到前面,在学校正门的外面架设起了摄像机。

忽然,卢宇光听见有人喊他。

他扭头一看,原来是他的同学——俄罗斯安全总局新闻局局长安德烈·克留契科。

克留契科说:"叫你的摄像师去买西瓜,我们都渴死了!"

卢宇光能感觉到,克留契科的嗓子有些沙哑,于是马上派他的摄像师安德烈去买西瓜。9月,正是当地西瓜上市的季节。

不一会儿,摄像师安德烈就买了两个西瓜回来。他很有经验，在买西瓜的时候还顺便买了一把刀——不是西瓜刀，而是北高加索人喜欢随身携带的匕首，很漂亮。

采访现场有一张桌子，记者们称其为"采访桌"，实际上就是一个工作台，大家在上面放一些常用的设备。摄像师安德烈把桌子上的东西挪开，用他新买的匕首切开了一个西瓜。西瓜又沙又甜，大家正吃得来劲儿，里面忽然传来爆炸声，大家慌忙找地方躲藏。等爆炸声平息之后，卢宇光又回到桌子跟前吃西瓜，却再也找不到那把匕首了。桌子上没有，地上也没有。后来他分析，匕首一定是被某位人质的家属拿走了。

卢宇光后来听说，被劫持为人质的儿童的父母拍了一段录像，请求俄罗斯政府满足恐怖分子的要求，以拯救孩子的性命（但是，白俄罗斯两家电视台录制的这盘录像带，并没有在任何频道播出）。有一个情绪激动的学生的父亲在人群中吼道："谁下令进攻学校，我就杀死他！"

"莫斯科人质事件"死难者的亲属也请求俄罗斯政府，不要让别斯兰的孩子们受难，"不要让莫斯科悲剧重演"。

人质事件发生后将近30个小时，俄罗斯政府第一次对外界发出了声音。俄罗斯政府称："最主要的任务，是在复杂的形势下保护人质的生命和健康。我们拯救人质的所有行为，都要特别服从这一任务。"俄罗斯政府强调说，这是超过一切的任务。俄罗斯政府呼吁约旦国王伸出援手解救人质。约旦国王阿卜杜拉二世则表示，他们站在俄罗斯这边。

之后，现场紧张的局面似乎有所缓解，绑匪同意和当局进行谈判，但是要求和一些强力部门的人员谈判。

绑匪释放了3名妇女和她们正在哺乳的婴儿。其中一个母亲和她的3个孩子都被劫持了，绑匪只让她把吃奶的孩子和一个3岁的孩子带走，她9岁的女儿却被留下了。

她的女儿哭着说："妈妈，你一定要把我带走啊！"

这位母亲本来是想让别人把两个小的孩子带走，自己留下来陪大女儿的，可是又放心不下那两个孩子，特别是还有一个孩子需要哺乳。最后，她狠狠心，留下了9岁的女儿，带着两个小的孩子走了。

试想一下，这个母亲内心会有多么纠结、多么痛苦。母女这一别，很可能就是生离死别啊！

后来，枪战开始了，这个9岁的女孩拽住身边的一个年轻人说："叔叔，你一定要把我带出去，你一定要救救我的命。"

这个年轻人最后成功地把她带了出来。

后来，卢宇光采访到了这个幸运的女孩。卢宇光问她："你以后想干什么？"

她说："我一辈子都不想上学了！"

可见这场灾难给她留下了多么严重的心理伤害。

9月2日下午，印古什前总统奥舍夫来到学校和绑匪见面。下午5时左右他从学校里出来后，又有26名人质获释。获释人质都是妇女或儿童。

北奥塞梯总统新闻分析局局长列夫·祖加耶夫说，奥舍夫直接与学校体育馆内的蒙面武装分子见面并进行了交涉。祖加耶夫说："学校内状况令人满意，但是局面非常复杂"，"要想使人质回家，还要做很多事情"。

显而易见，劫持人质事件不会很快结束。

卢宇光为了能够接近现场，就在附近进行勘察。他发现，别斯兰第一中学的后面院子里有一栋5层高的住宅楼，距离学校400多米。他了解到三楼的一户人家有两个孩子被劫持，于是就和这户人家的女主人商量，是否可以把他们家当作采访的临时"据点"，女主人同意了。

卢宇光设这个临时"据点"，差点儿把自己的命搭进去。后来，他特意把这一家的母女俩请到了凤凰卫视10周年庆典现场，以感谢这家人对他的帮助。

当时，卢宇光发现这栋楼的五层都被俄罗斯特种部队的人住满了。特种部队的人拿着像潜望镜一样的观测设备趴在楼台上，向学校的方向瞭望。军队已对学校进行了包围，特种兵爬到了体育中心操场的屋顶上，有20多名特种兵在学校后面堵住了恐怖分子的退路。

但是事态将往哪个方向发展，谁也无法预料。

参与救援行动的俄军特种兵

吕宁思在其著作《凤凰卫视新闻总监手记》(以下简称《手记》)中写道:

> 当晚,新闻界人士和分析家都认为,双方交火的机会不大,但是,由于并没有找到最后的解决办法,时间拖多久也未可知。在《凤凰全球连线》中,胡一虎问我对形势的判断,我向他表示自己"审慎乐观",因为俄罗斯政府已经表明不会以莫斯科模式解决此次人质危机。

在别斯兰第一中学附近那个聚集了上万人的广场上有几个广告牌,上面有很多被劫持人员的信息,如姓名、年纪、照片等,不知是什么人贴上去的。

在距离现场比较近的地方,还有一个仅有几十人的小群体,那是反恐部队前沿指挥部的人,还有几家主流媒体的记者。卢宇光通过A·安德烈的关系,得以在这个距离现场比较近的地方占有一席之地。

三、"恐怖分子冲过来了!"

到了9月2日晚上,卢宇光得知,当局要求大家积极献血。卢宇光感觉不大对劲儿,因为天黑的时候,有几辆集装箱车在往学校方向开,据说,那是紧急救援部队的野战医院。0时左右,学校外面临时架设了一些献血的设备,卢宇光感觉可能有事情要发生。

3日凌晨1时30分,恐怖分子从学校正面发射了几枚榴弹,打在100米外的车上。当局立刻把记者赶走了。恐怖分子不时地打枪。那天夜里下起了大雨,卢宇光就和摄像师躲进了临时"据点"。女主人对卢宇光和摄像师像对自己的亲人一样,盼着他们回来。

事件发生后,当地居民,特别是学生家长,得不到当局的消息,就向记者们打听情况。

当时卢宇光的信息来源比较多,在人质事件现场,有A·安德烈;在莫斯科,还有热尼娅。卢宇光和热尼娅几乎是每15分钟通一次电话,她会把莫斯科的情况通报过来。

因此,凤凰卫视能够在整点报道时播出最新汇总的资讯。

凤凰卫视的这次报道形成了几个层面:前线有独家的画面,有莫斯科的新闻汇总;总部有评论员、编辑、主编,大家都在为这次事件做综合分析。这次报道显然比卢宇光之前的报道效果更好。

人质现场一片宁静,双方进入僵持状态,都处于煎熬之中。

当地时间13时05分左右,卢宇光听到学校方向传来爆炸声,然后就看到那边升起了一团有10多米高的黄色烟云,紧接着枪声就"砰砰砰"地响了起来。

卢宇光赶紧拨打资讯台的电话。当时凤凰资讯台的领导正在召开晚间节目《凤凰全球连线》的编辑会议。时任凤凰卫视资讯台台长程鹤麟问吕宁思:"你认为人质事件还会持续多久?"

吕宁思回答:"恐怕还会僵持下去,除非政府军发动突袭。"

就在这时,吕宁思的手机响了,他接通后听见卢宇光急切的声音:"宁思,快!战斗打起来了!"

会议立即停止,全体人员都拥到了新闻间里。

众人通过转播画面听到现场开始出现密集的枪声,看到学校里冒出浓烟,有孩子在向外面逃跑。

卢宇光看到有一个孩子从窗户边爬上来,浑身是血。孩子用俄语说:"叔叔别开枪了。"这个孩子只露了一下脸,到最后也没有爬出来。

其他孩子从里面往外跑,有七八百个孩子。那种绝望的哭声让卢宇光心碎。孩子们根本跑不动。还有几个两三岁的孩子,光着屁股,顺着墙根往外跑。

恐怖分子埋在学校里的地雷被外逃的孩子们触响了,很多孩子因此而丧生……

卢宇光就在百米之外,眼睁睁看着却无能为力。他只是一个手无寸铁的记者,无法上前援救他们。他知道自己一过去,肯定会被乱枪打死,是无谓的牺牲。他无法抑制自己的悲痛心情,情不自禁地泪流满面。

当时,还有一些孩子上到了二楼。有个大一点儿的孩子摇着白旗喊:"叔叔,别开枪了。"

卢宇光还看到一个老太太——可能是教师。她把一个个孩子从一楼的窗户举出来,放到了地上。

现场到处都是孩子们跑掉的小鞋子,有的鞋子比大人的巴掌还要小。这些画面让卢宇光记忆深刻。

那边是恐怖分子向外打冷枪,这边是丧失了理智的学生家长往里打枪。这些家长一听到爆炸声就疯了,抽出枪来胡乱打。

后来,俄罗斯反恐部队的负责人说过这样的话:"我们作战时，恐怖分子向我们射击，老百姓也向我们射击。"可见当时现场有多么混乱。

有的孩子出来之后，又被这些子弹逼着往回走。他们不是走，而是在爬，往哪个方向爬的都有。他们一边爬，一边哭。

他们无望的眼神深深刺痛了卢宇光的心。

事后，他在接受《新京报》记者采访时说："我当时太想回莫斯科了，想冲到我女儿身边，好好抱一抱她，亲一亲她。"

看到那些孩子的惨状，卢宇光忽然能够理解那些丧失理智的家长的疯狂举动了。

出于职业习惯，卢宇光注意看了几次表：从枪响起到孩子们全部爬到安全的地方，足足用了40多分钟。孩子们求生的欲望压过了心中的恐惧情绪。

当地时间下午14时左右，恐怖分子冲出来了。躲在隐蔽处的记者们落荒而逃。

海潮出版社原总编辑林道远曾在《卢宇光：一个战地记者成功的"秘密武器"》(2005年11月21日《中国国防报》)一文中写到卢宇光参与"别斯兰人质事件"报道的情景——

俄罗斯别斯兰人质事件发生时，卢宇光作报道的位置紧靠现场门口。恐怖分子开枪往外冲。卢宇光躲避时没有忘记职责，紧握卫星电话喊道："孩子不断往外跑……特种部队上去了……现在恐怖分子已经向我们冲过来，打伤很多人。我们正在跑……"当亿万电视观众正揪着心的时候，卢宇光喊出了一句被称为"全球传媒经典语言"的话："恐怖分子冲过来了，向我们开枪……"卢宇光瞬间成了观众心目中的英雄!

《人物》杂志(2004年12月)也刊登了对卢宇光的采访——

"恐怖分子打伤很多人,我们正在跑……恐怖分子冲过来了!向我们开枪。"俄罗斯北奥塞梯别斯兰解救人质现场,是他用最真实、喘着粗气和有些许颤抖的声音带来了颇具震撼力的现场报道——

这个气喘吁吁的声音夹杂在枪林弹雨中,在第一时间通过卫星传到凤凰卫视,并同步进入了千万个与凤凰卫视一同关注此次人质事件的华人家庭,就是这个从最前线传来的唯一一个华人的声音,让很多人记住了卢宇光的名字。

我之所以大量引用别人写的文章,是因为这些文章大多写于十几年前,很多数字、细节和感觉应该更准确。

9月7日晚,仍然在现场采访的卢宇光接受了《新京报》记者的电话采访。

记者:"9月3号晚上,我也在看直播。我听到了当恐怖分子开着枪冲过来时,你发出'恐怖分子冲过来了!'的声音。我听到你的声音在颤抖。你怕吗?"

卢宇光:"可能不是颤抖是气喘的声音,当时我已经没有时间去害怕了。我当时下意识地趴在了地上,等我起来的时候,我发现身边的两个人已经死了一个,另外一个是波兰的记者,他已经被打伤了。我还捡了一条命,真的是老天保佑啊。"

吕宁思在他的《手记》中写道：

> 后来，我从俄罗斯《权力》周刊上看到这样的记录：
>
> BBC、CNN和欧洲新闻电视台从当地时间下午1点20分开始直播；
>
> 俄罗斯独立电视台从当地时间下午1点30分开始直播；
>
> 而俄罗斯两家国营电视频道，第一频道和俄罗斯频道仍然在播送原定计划中的节目，直到当地时间2点整，才进入直播状态。按照后来英国《金融时报》的一篇评论俄罗斯媒体现状的长文章所说，第一频道仅仅报道了10分钟，就又开始播出巴西肥皂剧《恋爱女人》，而俄罗斯频道则进行了1个小时报道。
>
> 相比之下，我们凤凰卫视这一次是与西方大电视台基本同步的：资讯台从北京时间下午5点25分，即当地时间下午1点25分开始直播后，一直持续了20个小时。
>
> 当时我们没有自己的直播画面，但是我们的卢宇光从人质现场电话报道，伴以外电的画面，发出了前所未有的华人声音。
>
> 我们从卢宇光现场报道的电话中，不但感受到危机的程度，而且听到了子弹的呼啸声。从那之后，我们足足有1个多小时同宇光失去联络。这时，宇光一直没有消息。公司高层很关心他的命运，我们往莫斯科他家里打电话，往他朋友那里打电话。与此同时，我们接到很多观众的电话，大家都在询问卢宇光在哪里。
>
> 直到当地时间下午3点，也就是我们这里的晚间7点，

卢宇光的声音又出现了。

…………

笔者:"你和香港总部失去联系的这1个小时里,出了什么情况?"

卢宇光:"就是恐怖分子突然冲出来的时候,所有的记者都在跑,有的跑到外面去了,我跑到里面去了,跑错方向了!最关键的时候,我周围没有其他记者,就我一个。在这次事件中,我想我是全世界离现场最近的一个记者,了解到的是第一手真实的情况。因为我跑错了方向,跑到封锁区里了。"

笔者:"为什么'跑错了方向'?"

卢宇光:"枪一响,大家都往自己认为安全的地方跑。大部分人往外跑,往广场那边跑,我是往我住的地方跑——学校后院的那栋5层高的住宅楼。那里手机没有信号,可能是被特种部队屏蔽了,因此我就和香港总部失去了联系。我刚想上楼,没想到那个楼道里全是荷枪实弹的特种部队士兵,他们用枪指着我,让我马上离开。没有办法,我只好退出来,贴着墙根往广场那边爬,也没有人护送。我手里拿着一个DV,能拍的时候就拍一下。"

笔者:"我觉得你很危险,他们三方——恐怖分子、特种部队、失去理智的家长——都可能向你射击呀!"

卢宇光:"对。子弹乱飞,我也不知道是从哪个方向打来的。"

《南方人物周刊》(2004年9月17日)有这样的记载——

人物周刊：你选择趴在了地上？

卢宇光：再跑的话很容易被子弹打中。我们不是军人，只有找个地方趴下，等事情过去再说。波兰记者在跑，就被打倒了，还有两个老百姓被打死了。他们都在我周围，离我8米多远。我只是侥幸，趴在地上没有被打到。我当过兵，我知道，子弹的声音如果很清脆的话，就离你比较远，如果"啾——啾——"地飞过来，那就离你很近了。当时子弹离我很近，打在水泥板上"当当"响。

从这段文字中，我们可以看出当时卢宇光身处怎样的危险情况当中。就是在这种情况下，卢宇光与总部失去了联系，让他的领导和同事为他担心了1个小时。

在这次事件中，卢宇光的摄像师非常机敏，枪声一响就已不见踪影，卢宇光转眼就找不到他了。一直到了晚上他才回来，机器丢了，钱也没了。他之所以回来，是找卢宇光拿钱。后来卢宇光得知，他的摄像师安德烈在上中学时是学校里的短跑冠军。

据媒体报道：2004年9月3日，俄罗斯特种部队被迫采取行动解救人质，与劫匪展开激烈枪战，导致335人死亡，还有数百人失踪。

《弗拉季高加索报》称：2004年9月3日，是奥塞梯人历史上最黑暗、最悲惨的一天……

四、"宇光，你是英雄！"

9月3日一整夜，对北奥塞梯，对北高加索，乃至对整个俄罗斯的人来说都是不眠之夜。

凤凰卫视做了整整一夜的直播。

9月4日早晨，吕宁思又从7点钟开始登上直播台，到9点钟下来，便带着蔡晓江径直赶往机场。公司高层在昨天晚间决定，让吕宁思立即飞往别斯兰，支援在那里奋战了几天几夜的卢宇光。

吕宁思和蔡晓江下了飞机，便在机场租了一辆伏尔加轿车，火速赶往事发现场。快到的时候，他给卢宇光打了电话，卢宇光就赶到路口去接他们。

当时第一中学的解救人质工作已经基本结束，有关人员在清理现场，各国媒体进入后续报道阶段。危机已经过去了，卢宇光怀着一种平和的心态去迎接吕宁思他们。

吕宁思他们乘坐的出租车在路口的一个拐角处停下。见到卢宇光，吕宁思对他说："我来支援你。"

吕宁思话音未落，"嗒嗒嗒"，一排子弹扫了过来。卢宇光非常机敏，一把将吕宁思按到了地上。因为刚下过雨，他们卧倒的地方是一片水洼，他俩就趴在水洼里了。

那一排子弹落在距离他们七八米远的地方，好险！吕宁思没有想到别斯兰送给他的"见面礼"是一排子弹！当时他脸色煞白。

卢宇光也有点儿蒙，劫持人质事件结束了，怎么还会有人打枪？这可能是特种部队打的，也可能是武装分子打的。

卢宇光他们趴在水洼里，赶紧把摄像机架起来，准备拍摄。等他们把摄像机架好以后，就赶到60多米远的一个小院子前去看，只见有几个美国记者在奔跑，个个脸色煞白。几个人成一条线向前跑着，前面的人都觉得后面跟着跑的人是恐怖分子。

卢宇光：穿越死亡的无冕之王

卢宇光和吕宁思（中）在"别斯兰人质事件"群众悼念现场。

当时现场极其混乱。

后来卢宇光搞清楚了，原来是一个西方记者，好像是土耳其人，进入了警戒线，特种部队士兵把他当成了劫匪，端着枪大喝一声"站住！不许动"，记者一下就被吓毛了，转身就跑。特种部队士兵鸣枪示警，这一鸣枪，其他人不知是怎么回事，一看有人跑，后面有人追，就都慌了，然后就是一排子弹扫过来了。

还好这只是一场虚惊。

过了一会儿，俄罗斯特种部队官兵坐着大卡车冲了过来，一个军官问卢宇光他们："（恐怖分子）在哪里？"

卢宇光说："我们也不知道。"

关于这次"别斯兰人质事件"，吕宁思在他的《手记》中写了很多。他说——

从"别斯兰事件"发生那一刻起,我们可以感觉到,凤凰卫视的新闻报道又一次抢到了制高点。但更重要的是,对这次突发事件的反应,检验了我们一直追求的一种新闻判断和采访反应机制。在外部情况不明的局面下,我们必须有明确的决心。

感觉也好,判断也好,反应机制也好,这一切都取决于前线记者的表现。如果没有来自一线记者的出色表现,没有刺激观众神经的信息,那么一切美好的愿望和策划都将是空中楼阁。

对卢宇光在别斯兰的表现,凤凰卫视总裁刘长乐非常满意,他给卢宇光打电话,第一句话就说:"宇光,你是英雄!"

而凤凰卫视《锵锵三人行》主持人窦文涛在他的节目中则盛赞卢宇光是条汉子,还一本正经地说:"下回见到宇光,一定叫他哥。"

《人物》杂志这样写道:

在他(指卢宇光)的职业理念里,"赚钱养家"是第一位的,而非上纲上线地去实现某种理念,所以他才会说:"别把我说成英雄,每一个记者都会这么做!我只是一个职业记者,不完全是战地记者!"

可能在卢宇光看来,"职业记者"比"战地记者"的称谓更"全面"一些。是的,他的职场并不仅仅局限于战场上,他还游走于和平环境之中,报道了很多重大政治事件。如果定位再准确一点儿，他是"曾经多次上战场和随时可以走上战场的职业记者"。

"发出全球华人的声音"是凤凰卫视一直以来的口号。

凤凰卫视能够坚持做到"有大事件的地方就有凤凰卫视"，除了凤凰卫视的"家"里坐在演播室里的主播的付出，更大功劳要归于那些在"外"冲到新闻发生现场第一线的记者。

凤凰卫视驻俄罗斯首席记者卢宇光便是其中一员。

虽然进入凤凰卫视才短短两年，卢宇光却已经把刘长乐为凤凰卫视定制的"传播中华文化，争取华人媒体话语权"的目标真切落到了实处。

在"别斯兰人质事件"一周年的时候，卢宇光重访别斯兰第一中学。

沉重的回忆让他感慨万千。

英雄大多产生于灾难和战争中。一个战地记者的辉煌成绩，往往也是如此。

他真希望不当那个英雄，不要那个辉煌成绩。

尽管卢宇光是军人出身，尽管他在此之前多次经历战场上的生死考验，但是"别斯兰人质事件"对他的精神刺激太大了！几百个孩子在他的眼前死掉了，那些场景让他非常痛心。后来他在一次访谈节目中透露："这次事件给我的心理造成特别重大的创伤，有一段时间，我感到自己有点儿抑郁了。有件事我印象很深刻，有一次，在莫斯科，我回到家里的时候，突然发现女儿不见了……"

卢宇光在节目中说得很简单，笔者在写此书时，特地向他询问具体情况。他告诉我，当时他家请了一个喀山的小保姆，那天他回家时，保姆正在厨房里做饭，他没有看见女儿，就问保姆，保姆说，孩子刚才还在屋里的。他一下子就慌了，3个房间和卫生间都找了，也没有看见女儿，怎么叫也没有回音。这时他看见窗户开着，当时腿就软了，一步都走不了。因为他家住在十五楼，如果女儿爬出窗户，后果将不堪设想。过了一会儿，他稍微回过神来，艰难地走到窗户跟前。当时是冬天，窗台上有雪，没有小孩爬过的痕迹，楼下也没有坠落的孩子。他放下心来，继续在屋子里找人。他原以为她在玩捉迷藏，可是把家里所有的柜子都打开了，仍然不见女儿的踪影。他家的大床下面空间很小，大人爬不进去，只有小孩能爬进去，这是最后的希望了。他撩开床单，发现女儿果然趴在那里！爸爸都快急疯了，她却非常能沉住气，他怎么叫她她都不答应。她才一岁左右，不懂得大人的心思，大概觉得这个游戏很好玩。

卢宇光把她从床下拖出来，真恨不得给她两巴掌，可又不

凤凰卫视成立10周年庆典，"别斯兰人质事件"当事人到现场讲述当年的故事。

忍心，把她紧紧地抱在怀里，两行眼泪就流下来了。

在做访谈节目的时候，他说："当时我肯定已经疯了，就是很失态了，也不知道怎么回事，腿也软了。我在战场上见的死人多了，但是别斯兰的那些孩子的样子，总是挥之不去。"

女主持人："别斯兰，肯定是给您留下了太深的印象。"

卢宇光："我很少去回忆这件事。"

2006年3月31日，是凤凰卫视成立10周年庆典，俄罗斯新闻局副局长维切斯拉夫应邀率领一个俄罗斯代表团参加活动。代表团成员有参加别斯兰解救人质行动的阿尔法特种部队少校，有别斯兰第一中学后院住宅楼卢宇光拍摄"据点"的房东母女。

"别斯兰人质事件"报道，是凤凰卫视成立10年来的一次重要报道。这次事件当事人的到来，为庆典增加了别样的气氛。

第十章　俄格战争

一、南奥塞梯燃起战火

2008年8月8日，按说是个好日子，北京奥运会在这一天开幕。卢宇光的好几个俄罗斯朋友原来是计划到北京看奥运会的，他已经委托国内的亲戚朋友负责接待。但是，在几千千米之外的南奥塞梯，一场突然发生的战争把他们的计划给打乱了。

那天早晨，卢宇光刚刚从睡梦中醒来，就接到俄罗斯安全总局车臣发言人沙巴尔金的电话。

沙巴尔金："卢宇光，你在哪里？"

卢宇光："我在莫斯科。"

沙巴尔金："你要关注现在新闻的发展。我就不跟你说了。"

卢宇光："你在哪里？你到北京了吗？"

沙巴尔金："我在南奥塞梯！"

卢宇光愣了一下，一时没反应过来。按照原先的计划，现在沙巴尔金应该在北京啊！

沙巴尔金的儿子患有小儿麻痹症，沙巴尔金听说中医有治疗该病的方法，就请卢宇光在中国帮他找医生。卢宇光有个叔叔在鞍山，就通过那个鞍山的叔叔，在千山区找了一家医院，沙巴尔金把儿子送到了那里按摩、针灸，经过治疗，颇有效果，沙巴尔金的儿子那条麻木的病腿有了知觉反应。沙巴尔金想借北京奥运会的机会，再带儿子到中国看看病。

沙巴尔金申请参加俄罗斯内务部安全总局赴中国奥运会安保小组，并得到了批准，本来应该今天到北京，卢宇光已经安排了叔叔的儿子在北京迎接他。一大早，他突然告诉卢宇光，他在南奥塞梯，所以卢宇光当时有点儿蒙。

卢宇光镇定了一下情绪，确定这不是在做梦，便马上给叔叔的儿子打电话："俄罗斯这边情况有变，接待工作暂停，新的行程另行通知。"

给叔叔的儿子打完电话后，卢宇光打开电脑，想了解一下南奥塞梯发生了什么情况。

看到网上的新闻，卢宇光大吃一惊，原来在凌晨1点多钟，格鲁吉亚军队和南奥塞梯的军队打起来了。

早晨8时，卢宇光又接到一个电话，是克留契科打来的，他说："卢宇光，你要往南奥塞梯跑了。你不要问我什么事，我就告诉你，你该动身了。"

克留契科本来也是说要去北京看奥运会的，结果也没有去，而是去了南奥塞梯。

既然克留契科说他"该动身了"，那他就赶紧动身吧！

卢宇光通知摄像师准备出发，谁知摄像师一听又要上战场，马上提出辞职。卢宇光订了10：30的航班，必须在两个小时之内解决摄像师的问题。

他连续打了几个电话，找了很多人，人家都不愿去。这时卢宇光忽然想起之前曾有个 2 米高的小伙子来应聘，小伙子啥也不会，没被录用。卢宇光隐约记得留下了他的联系方式，以备不时之需，于是翻出他的电话号码，赶紧打电话过去。这个小伙子名叫 D·安德烈，卢宇光简单说明情况后，问他："你怎么样，能不能去？"

D·安德烈说："能去。"

卢宇光说："好！那马上出发去机场。"

卢宇光赶紧又给他订票。卢宇光现找来这个摄像师，也没想让他做别的事，就想让他扛机器。他个子高，可以当三脚架用。

卢宇光没想到的是，D·安德烈这小子是个大酒鬼，到了机场，在等飞机的时候，他从卢宇光那里预支了工资，就到吧台去喝啤酒了。正应了那句老话，喝酒耽误事。D·安德烈正喝着酒，那边广播里催促旅客登机，于是他提起自己的行李就走，竟把摄像机忘在了吧台那里。

往日，卢宇光都把摄像机看管得很紧。那天他心里事多，一路上都在想：就凭克留契科这一个电话，我就动身了，万一到了弗拉季高加索那里，给他打电话他不接怎么办？万一他到了没信号的地方，无法接电话怎么办？如果我找不到他，入不了境怎么办？因为脑子里一直在想这些事情，他就没注意摄像机的事情。

飞机抵达弗拉季高加索机场后，D·安德烈提着行李下了飞机，卢宇光问他："摄像机呢？"

D·安德烈忽然想起来：摄像机被忘在莫斯科机场了！

卢宇光心里一下就毛了，电视台记者跑到这里，不带摄像机，来干什么？他气愤至极，上去给了摄像师两个大嘴巴："你是摄像师，摄像机就是你的枪啊！不拿枪你怎么上战场？要是在战场上，我就毙了你！"

可是，光生气没有用，还得赶紧想办法，卢宇光平复了一下情绪，马上给克留契科打电话说明情况。克留契科通过俄罗斯内务部给机场内务局（警察局）打电话，叫那里的警察马上去找摄像机。

很快，机场内务局回话，摄像机找到了。卢宇光立即通知在莫斯科的热尼娅，乘出租车去机场取摄像机，然后找航空公司，请他们安排在下一次航班把摄像机捎过来。

热尼娅安排完毕，告诉卢宇光："下一班飞机要3个小时后才能到。"

卢宇光事后回忆说："我一生里面最紧张、最难过、最沮丧的事情，就是等那趟飞机，等了3个小时啊！"

二、一路狂奔

卢宇光在弗拉季高加索机场焦急等待从莫斯科飞来的航班。飞机还没到，克留契科却来电话催他了："卢宇光，限你下午3点钟赶到边境来，我在南奥塞梯和北奥塞梯边境等你。不管你怎么来，反正我等你15分钟，你不来那就是你的事啦！"

这通电话让卢宇光更加焦急：万一飞机晚点了怎么办？万一他去边境的路上出了岔子怎么办？怎么办？真要是出现这

样的问题，他还真没办法，到时候只能听天由命了。

还好，飞机没有晚点，卢宇光及时拿到了设备。两个人走出机场，赶紧去找出租车。

也巧，卢宇光看到了一张熟悉的面孔——普林，4年前在采访"别斯兰人质事件"时，卢宇光经常坐他的车。

普林看到卢宇光很高兴，热情地和他打招呼："卢，去哪里？"

卢宇光说："南奥塞梯。去不去？"

普林说："当然去！"

从机场到南奥塞梯边境，大部分是盘山路，汽车要跑一个半小时左右。普林开的是一辆拉达牌轿车，很旧了，油门踩到底，时速也就60英里（1英里≈1.609千米）。不过在山路上，时速60英里已经很快了。

卢宇光虽然心里着急，但还是劝他开慢一点儿。

普林说："卢，你放心，我是飞行员出身，我们正在开飞机。我是非常有经验的驾驶员。"

在距离南奥塞梯边境还有30千米左右的时候，汽车坏了，不能走了。车一坏，卢宇光心里又毛了，那怎么办呀？卢宇光有些后悔没有选一辆车况好一点儿的汽车，就因为和普林熟悉，也没注意他这辆老拉达的车况如何。

普林也很着急，怎么修也修不好车子。

这个时候，路上开始戒严了，俄罗斯军队的军车开了过来，全部是坦克、装甲车和自动火炮车，山路又窄，只有10米左右，整条山路要让给他们。

卢宇光看看表，3点肯定赶不到南奥塞梯边境了，只好给克留契科打电话:"我的车坏了,已经无法按时赶到边境了。"

克留契科说:"我不管你了,我走了。"

卢宇光说:"你走吧!格纳申科夫在哪儿?"

克留契科说:"你给他打电话。"

格纳申科夫就是原在俄国防部新闻局工作的少校,此时已任俄罗斯陆军总司令的助理兼新闻局局长,上校军衔。

卢宇光估计他此时肯定也在这个方向,就给格纳申科夫打电话,打了几次都没人接。卢宇光坐在路边,感到无望。怎么办?他只能自己走过去了。他拿出一本地图册,找到当时所处的位置,然后把那一页撕下来,准备步行去边境线。

普林说:"卢,对不起了,我要帮你提东西,我把车扔在这里。"

卢宇光说:"行,我加倍付你钱。"

他们正要出发,卢宇光的手机响了,是格纳申科夫打来的:"卢,你在哪里?"

卢宇光说:"我在离边境线还有大概不到30千米的地方。"

格纳申科夫说:"把你的位置告诉我。"

卢宇光说:"415号路碑。"

格纳申科夫就把电话挂了。过了一会儿,他又打来电话说:"5分钟以后我到你这儿。"

卢宇光说:"我怎么能认出你?"

格纳申科夫说:"你旁边有什么记号?"

卢宇光说:"没记号,我把防弹衣给你挂上。"

格纳申科夫说:"好。"

挂了电话,卢宇光就找个树杈把防弹衣挂了起来。他们旁边有个俄军的交通哨,哨兵看见卢宇光挂防弹衣,不知他要干什么，就给他拿掉了。卢宇光再挂，哨兵再次拿掉了。

卢宇光对他说："你就让我挂10分钟。"

哨兵仍然不同意。卢宇光闻到他身上烟味很大，知道他抽烟，正好摄像师 D·安德烈也抽烟，就让 D·安德烈拿了 3 包烟给他。那个哨兵收了烟，终于允许卢宇光把防弹衣挂起来了。

卢宇光把防弹衣挂上没一会儿，格纳申科夫就到了。他挎着一把冲锋枪，坐在一辆履带装甲车上面，那是他的新闻指挥车。

格纳申科夫让装甲车在卢宇光身边停下，然后向卢宇光招手："上车！"

卢宇光和摄像师 D·安德烈提着器材就上去了。出租车司机普林在下面喊："卢，车钱没付啊！"

卢宇光这才想起来忘了付钱，连忙扔下去 200 美元。原来他们说好的车费是 100 美元，卢宇光多给了他 100 美元。

装甲车继续前进。卢宇光发现车上坐的都是记者和俄罗斯国防部新闻局的人。卢宇光让 D·安德烈坐到车里面，可他两米的个子，人坐在里面，脑袋却露在外面。

卢宇光和格纳申科夫一起坐在装甲车上面。

格纳申科夫简单地向卢宇光介绍了战争经过。他表示，俄军已经宣布了向茨欣瓦利进军的命令。

茨欣瓦利是南奥塞梯首府。此时，坚守在茨欣瓦利的俄罗斯维和部队只有一个营，约 800 人。

不多时，装甲车就"轰轰隆隆"地开进了南奥塞梯边境。

卢宇光对格纳申科夫说："我们的护照没有签证哪！"

格纳申科夫说："跟着军队不用签证！"

卢宇光：穿越死亡的无冕之王

卢宇光与俄罗斯安全总局新闻局局长安德烈·克留契科合影。

卢宇光说："那我咋出来？"

格纳申科夫说："咋出来那是你的事，咋进去是我的事！"

笔者采访卢宇光时，问他："你最后是怎么出来的？"

"最后我就跟着俄罗斯安全局的人出来的，还要什么签证哪？！到了那边以后，我要求南奥塞梯签证处的人给我盖章，D·安德烈说：'不能让他盖章，你要是让他盖上章，以后到格鲁吉亚就进不去了！'"卢宇光说。

笔者问："为什么？"

卢宇光说："因为南奥塞梯和格鲁吉亚的关系很微妙啊！"

三、俄军少校为掩护记者牺牲

卢宇光是乘坐装甲车，跟随俄罗斯军队出动的第一批部队进入南奥塞梯共和国进行采访的。

装甲车从南奥塞梯边境开向首府茨欣瓦利的过程中,一辆前导车从前面返回来报告:前面有很多格鲁吉亚难民,在路上拦车。

俄罗斯军队这支部队有 20 多辆坦克、20 多辆装甲车,他们的任务是紧急赶往某个地方,去支援俄军的空降兵部队。按理说,公路这么好走,俄罗斯军队本可以一路直开过去,很快抵达目的地。但是俄罗斯军队为了不与难民发生冲突,伤及难民,指挥员决定避开难民,绕路前进。

在卢宇光他们前往茨欣瓦利的一个主要集结地时,负责护卫记者安全的是第 136 团副团长基尼斯·维奇蒂诺夫少校。

卢宇光和基尼斯是老熟人。2000 年在卢宇光进行第二次车臣战争的战地采访时他们就认识,那时候基尼斯才 24 岁,刚从喀山炮兵学院毕业,中尉军衔。

基尼斯性格开朗,精明强干,行动敏捷。当年在车臣,卢宇光给他起了个外号叫"苏斯特瑞",俄语为灵活快捷的意思。

8 月 8 日,双方交火 15 个小时后,在距离茨欣瓦利大约 14 千米处,卢宇光采访了许多从火线上被送下来的伤员,当时可以清晰地听到前线"隆隆"的炮声。

在这里,卢宇光见到了俄罗斯前线战地指挥官、第 58 集团军副军长阿纳托利·赫鲁廖夫中将,他是乘直升机赶到集团军前卫第 135 团的。赫鲁廖夫很干练,也很大胆。主力部队还没进来,军长和前进指挥所的人已经进来了。

俄罗斯军队的作战指挥员有一个传统,常常只带少量精兵深入敌后,靠前指挥。赫鲁廖夫中将在这里开辟了前沿指

卢宇光：穿越死亡的无冕之王

"俄罗斯英雄"基尼斯少校

挥所。

这时候，第58团的上万人马，正浩浩荡荡地向茨欣瓦利挺进，而赫鲁廖夫中将手里可用于战斗的部队只有第135团。

在这里，卢宇光第一次见到南奥塞梯国防军。这完全是支杂牌部队，兵员老少兼有，武器五花八门，甚至有二战时期德国的冲锋枪和苏联骑兵的小马枪。

前卫团进攻茨欣瓦利的战斗很快打响。指挥部决定用武装攻击方式把记者团送入茨欣瓦利市中心俄罗斯维和司令部。

第136团副团长基尼斯少校带着侦察队担任护送任务，第135团派出6辆轮式装甲车和履带装甲车投送记者团人员。

战斗打响了，第136团火箭炮营进行火力掩护，载着记者团人员的装甲车队快速向茨欣瓦利南区的方向开进。

在路上，卢宇光见到了多辆格鲁吉亚军队丢弃的全新T–72坦克。据介绍，这些坦克是由乌克兰无偿援助的，车上的火控系统由以色列改装。

基尼斯少校动作极快，跳下装甲车，迅速向坦克炮塔内扔了几颗手雷。

车队行至茨欣瓦利南部约5千米处,前车负责带路的南奥塞梯国防军派人跑过来要求车队停车。

基尼斯少校认为,此处为开阔地,只能加速前进,不能停车,以免受到敌方的火力攻击。

卢宇光乘坐的履带装甲车怒吼着冒着浓浓的黑烟,试图冲上小高坡。他突然觉得车身一震,随后装甲车便停在那里不动了。原来是履带装甲车的机器出了故障。基尼斯少校招呼大家赶快下车隐蔽,免得遭受敌军的火力袭击。

卢宇光提着摄像机,急忙爬出装甲车,这时脚下一滑,摔到了车下。他定神看了看身处的环境,发现是在一片小树林内,旁边是一片空旷的开阔地,子弹在头上呼啸。

基尼斯少校挎着冲锋枪爬到卢宇光身边,大声吼道:"完整吗?"

卢宇光说:"没少一块肉。"

基尼斯拍了一下卢宇光,用手指着前面的一个水泥墩障碍物说:"快爬到那里去!"

卢宇光连滚带爬,藏到了水泥墩后面。

这时,俄罗斯电视台军事记者萨卡洛夫高声向格鲁吉亚军队阵地大声喊道:"我们是新闻记者!"

对方也用俄语高叫:"我们是士兵,只知道开火。"

卢宇光用俄语喊道:"我是中国记者!"

对方闻声停止了射击,几分钟后,又开始激烈射击。

基尼斯少校利用记者与格鲁吉亚士兵对话的工夫,已接近格鲁吉亚军队的伏击阵地。

护送队的装甲车又折返了回来，卢宇光等人迅速上车，但是基尼斯少校没有上车，他带领着火力组掩护记者撤退。

他们第一次进入茨欣瓦利失败了，很快又组织第二次出击。记者在火箭炮的轰击中，终于进入茨欣瓦利市中心，并艰难地进入俄罗斯维和司令部大院。

记者们开始向全世界发布消息，播出这场战斗的残酷性和民众背井离乡的艰难画面。

2008年8月9日14：00，卢宇光听到了基尼斯少校战死的消息。

记者们在茨欣瓦利俄罗斯军队医院见到了基尼斯的遗体。他的头部有两处重伤，左腿被打断，为掩护记者，他战斗到最后一刻。

战争结束后，基尼斯少校被俄罗斯军方授予"俄罗斯英雄"荣誉称号。

四、彪悍的"东方营"

关于俄格战争，卢宇光曾经在张召忠主持的《军武大本营》节目中做过介绍。卢宇光说："进到茨欣瓦利以后，俄罗斯军队主力还没上，只把我们新闻车放进去了。我就直接去采访茨欣瓦利的维和部队。"

俄罗斯维和部队的营区只有两个足球场那么大。当天下午，格鲁吉亚军队的坦克就开过来了。坦克"咣咣咣"地往指挥部的院子里打炮，距离很近，墙壁都被打穿了。所有人都钻进了防空洞。摄像师D·安德烈有2米高，防空洞太小，他的脑袋和腿都露在洞外面，别人还以为他阵亡了。

院子附近的一个 30 多米高的巨型广告牌，都被格鲁吉亚军队的坦克炮给震掉了。当时卢宇光和红星台的女记者耶列娜就在广告牌下面。好在广告牌下面有两个水泥墩子，卢宇光一把将耶列娜按在地上。几十平方米的广告牌铺天盖地砸了下来，一阵地动山摇，非常吓人，如果不是有水泥墩子支起一个空间，卢宇光和耶列娜就都会被拍在下面，变成肉饼。

很快，俄罗斯军队开始反攻。俄罗斯维和部队装备的是非常先进的线导式反坦克导弹，威力很大。格鲁吉亚军队最前面的 4 辆 T-72 坦克，有的炮塔整个儿被掀开，翻在一边，有的成了废铁。

卢宇光在报废的坦克前留影。

还有一段故事卢宇光讲得很生动,现将他的讲述内容整理成文字,抄在下面——

卢宇光:茨欣瓦利是南奥塞梯首府。第一支进入茨欣瓦利的部队是俄罗斯车臣的"东方营",他们全是路虎,一百多台路虎,上面全没有顶棚,他们故意给切割掉的,车身用油漆写的 BOCTOK(东方)。每个人都光着膀子,有胸毛啊!身上这边是一排子弹,那边是子弹带,还有两把马卡洛夫手枪。车头上一边是俄罗斯国旗,一边是车臣共和国国旗。我们远远地就能看到,一百多辆路虎从一个山包上绕下来。大家都感到很震撼,然后就出现了世界战争史上的奇迹:吉普车追着坦克打,坦克"哗"地跑了啊!

张召忠:上面就是人,没装炮吗?

卢宇光:没有,是轻机枪,全都是轻式武器。

女主持人:好彪悍呀!

卢宇光:特别厉害,我(过去)就没看到过路虎车追着坦克打。都是车臣人,然后他开车开得比坦克还快,"哗"!绕一圈到前面,然后坦克"哗"停下来,全投降了。(卢宇光还做了一个举手投降的动作。)

接着就是俄罗斯第 58 集团军上来了,格鲁吉亚部队丢盔弃甲,望风而逃。俄罗斯军队乘胜追击,迅速将占领南奥塞梯首府茨欣瓦利的格鲁吉亚军队赶走。

五、第二次负伤

8月8日下午，俄第58集团军军长赫鲁廖夫要到一个地方去看"前线指挥所"，格纳申科夫带了一辆采访车与他一路同行。军长和记者团的人乘坐两辆履带装甲车，还有四辆轮式装甲车担任护卫，后面还跟着一辆救护车。

军长的装甲车在前，记者团的装甲车在后。因为座舱里面全是烟，卢宇光就和格纳申科夫坐在车上面，左边一个，右边一个。路很平，车速很快。履带式装甲车转向是靠踩刹车，驾驶员一踩刹车，就"吱——"地响一声。小转向，轻踩；大转向，重踩；不转向，驾驶员自然也就不用踩刹车了。

谁也没想到，在又直又平的公路上，驾驶员会把装甲车开进路边的沟里。

因为没有思想准备，卢宇光都不知道自己是怎么被甩出去的，瞬间就什么都不知道了。

不知过了多长时间，卢宇光醒过来一看，手上、腿上都是血。装甲车肚皮朝上翻在沟里，他被甩到了沟边的庄稼地里，左腿肚不知被什么划了一道长长的口子。

格纳申科夫的左手手指骨折，坐在车厢里面的记者们只是受了点儿惊吓，都没受伤。

卢宇光和格纳申科夫被弄到救护车上包扎伤口，赫鲁廖夫军长给他们留下了两辆轮式装甲车帮助拽车和护卫，自己带着另外两辆轮式装甲车先走了。

救护车上有个医生非常厉害，是第58集团军野战医院的外科主任，参加过阿富汗战争和车臣战争，医术很高。他先给格纳申科夫正骨，然后给卢宇光清理缝合伤口。

医生对卢宇光说："没事，只是表皮被划开了，没伤到骨头。"

打了麻药，卢宇光也没怎么感到疼，医生非常麻利地把伤口缝好了，一共缝了20多针。

医生对卢宇光说："卢，我不能再给你打止疼针了，再打你就要上瘾了。"

在医生给卢宇光缝合伤口的时候，翻到沟里的装甲车也被另外两辆装甲车从沟里拽出来，扶正了。

卢宇光与格纳申科夫受伤后的合影。

卢宇光问格纳申科夫:"怎么回事?很平的路,怎么会翻到沟里?"

格纳申科夫说:"那小子喝酒了。"

卢宇光心想:原来是酒驾啊!

但是俄罗斯军队好像没有酒驾这么一说。那个喝了酒的驾驶员经过一场车祸,酒也醒了,登上被扶正的装甲车,确认发动机正常,驾驶系统正常,等记者们上了车,开着就走。

卢宇光因为腿上有伤,不能再坐装甲车,就留在了救护车上。

到达目的地后,格纳申科夫拉着卢宇光拍照,说是这照片有纪念意义。卢宇光就一瘸一拐地陪着他拍了一张合影。

在接下来的几天里,卢宇光一直带伤坚持工作。格纳申科夫很关心他的伤情,他说没事,在中国军队里面有一句话,轻伤不下火线。格纳申科夫听了很受感动。

六、在斯大林的故乡

从南奥塞梯首府茨欣瓦利到格鲁吉亚首府第比利斯有100多千米,中间有个地方叫哥里。哥里是斯大林的故乡,也是旅游胜地,之前由格鲁吉亚军队重兵把守,但是很快就被俄罗斯空降兵占领了。

第二天,卢宇光和其他媒体记者就到了哥里进行采访。

哥里不是南奥塞梯的地盘,是格鲁吉亚什达-卡尔特里州的首府。俄罗斯军队这次出兵,已经不是仅仅把格鲁吉亚军队从南奥塞梯赶出去,而是把格鲁吉亚的很多地方也占领了。

2011年,美国导演雷尼·哈林拍摄了一部讲述俄格战争的故事片《五日战争》，故事就发生在哥里。

2021年1月12日，卢宇光在对我介绍哥里战事时，说到了美国人拍的《五日战争》。

卢宇光说："这部电影是诋毁俄罗斯政府、丑化俄罗斯军队的。电影中表现俄罗斯军队烧杀抢掠的场面，就像当年日本人在中国进行烧杀抢掠一样。电影里有一个情节，俄罗斯军队（雇佣军）把一个村庄的村民都赶到一起，用枪射杀，然后浇上汽油焚烧。完全扯淡！如果俄罗斯军队真像美国电影里说的那样残暴，俄罗斯坦克装甲车遇到当地逃难的百姓，就不会绕道而行，会直冲过去。拦路者，格杀勿论！但是俄罗斯军队没有这样做，这是我亲眼所见。实际情况是，哥里的老百姓大部分非常有秩序地撤离了，包括他们的市长。当地还有很多老百姓没走，他们似乎并不害怕俄罗斯军队的到来。如果像美国电影里表现的那样，俄罗斯军队一到，就把格鲁吉亚百姓圈起来，用枪扫射，然后焚烧尸体，他们还敢留下来吗？"

在哥里市政府大楼前面，有一座巨大的斯大林雕像，据说是当地著名的地标式建筑。卢宇光跟着格纳申科夫走进市政府大楼，看见一楼的地上躺着几具格鲁吉亚军人的尸体，显然这里曾经发生过激战，格鲁吉亚军队匆忙撤退，尸体都没有人处理。

大楼里面的人都跑光了，到处一片狼藉。

卢宇光走进市长办公室看了看，离开时，想拿个什么东西当纪念品。他看了半天，没啥有纪念意义的东西，就把市长的帽子拿走了。没想到他走到楼下，有个老头儿拍了拍他的肩膀，说："请等一下。"

卢宇光问:"你有什么事?"

老头儿说:"我是警察。"

他没穿制服,拿出一个警徽给卢宇光看了一下,又说:"这是我们市长的帽子,请你尊重我们。"

卢宇光无话可说,就把帽子还给他了。

笔者采访卢宇光时问他:"那个老头儿是不是看你是中国人,才敢跟你这么说?"

卢宇光:"估计他不敢这么对俄罗斯人,说不定俄罗斯人一枪把他毙了。"

笔者:"那个警察没有介入战争?他还在那里维持秩序,是不是?"

卢宇光:"人都跑光了,哪里还要维持秩序?估计他是年纪大了,跑不动,就留下来了。"

哥里有一所炮兵学校,是苏联时期留下来的,炮兵学校里面还有一座博物馆,卢宇光到里面去参观,发现里面有很多苏联时期的武器,甚至还有二战的坦克,那些老坦克居然还可以使用。这次战争一打响,格鲁吉亚军队把博物馆里面的老坦克都拖出去参战了。

俄罗斯军队开始全线反击以后,记者们都被召集了起来,跟随俄罗斯坦克部队行动。

格鲁吉亚军队不堪一击,慌不择路地逃。俄军乘胜追击,一路上几乎没有遇到任何阻击力量。

卢宇光和格纳申科夫坐在一辆装甲车上,独自突进。卢宇光不知车子开出去多远,驾驶员向格纳申科夫报告:距离格鲁吉亚首都第比利斯只有24千米了。

这时卢宇光看到一个很有趣的现象：俄军就要打到格鲁吉亚首都了，格鲁吉亚首都外围居然没有守军，只有格鲁吉亚警察在维护交通秩序。格鲁吉亚警察看到俄军的装甲车开过来，可能以为是格鲁吉亚的装甲车，气定神闲、若无其事地继续指挥交通。

两个国家的人长得差不多，装甲车是一样的，作战服是一样的，不细看还真看不出来是俄罗斯军队还是格鲁吉亚军队。所以，格鲁吉亚警察就指挥引导俄罗斯装甲车进入自己的首都第比利斯！

这个"乌龙"可搞大了！

俄罗斯军队没有攻打格鲁吉亚首都的计划，于是格纳申科夫决定掉头往回走。

装甲车来到一个俄罗斯伞兵部队控制的路口，路口有一个栏杆，一个俄罗斯伞兵在那里负责抬杆和放杆。

卢宇光注意到，这个伞兵也不管来的人是谁，车来了就抬杆放行，俄罗斯的车放行，格鲁吉亚的车也放行。当然，格鲁吉亚的车辆都是民用车，军车早就跑没影儿了。

卢宇光在这个卡口拍录像时，走来几个当地老百姓，篮子里装着从自家树上摘的水果、从自家地里摘的瓜，送过来给俄罗斯的士兵吃。格鲁吉亚的老百姓慰问打到他们国家来的俄军，这种事情，如果不是亲眼所见，真是难以置信。

卢宇光感觉，俄罗斯和格鲁吉亚就像是分了家的两个兄弟打起来了，实际上还有一点儿亲情在。

笔者："格鲁吉亚的老百姓是什么心态？他们是觉得俄格本来是一家人，还是欢迎俄军解放他们？"

卢宇光："格鲁吉亚上层想要投靠西方，格鲁吉亚老百姓是一半反对，一半支持。一些老百姓对俄军这么好，就说明俄军和老百姓是什么关系了。"

笔者："俄罗斯有没有雇佣军？"

卢宇光："俄罗斯有一些神秘的武装人员，没有任何标志，因其统一着绿色服装，被称为'小绿人'。但是俄格战争没有'小绿人'参加，主要参战部队是第58集团军和空降兵。"

俄罗斯军队于8月8日进入南奥塞梯地区，9日展开军事行动，很快控制了茨欣瓦利，并在随后几日占领了南奥塞梯以外的格鲁吉亚多处领土和军事基地。在国际社会的调停下，格鲁吉亚和俄罗斯分别于15日和16日在停火协议上签字，俄罗斯军队于18日开始撤离格鲁吉亚，战争结束。

这次战争共造成格鲁吉亚军队215人死亡、1469人受伤，俄罗斯军队74人死亡、171人负伤、19人失踪，以及约1600名南奥塞梯平民死亡。

战争一旦打响，就没有真正的赢家。

俄格战争，俄罗斯军队从8月8日介入战争，到8月18日撤出南奥塞梯，一共10天，实际上到15日签订停战协议，战争也就打了一个星期。其实战争头三天格鲁吉亚军队就被俄罗斯军队打垮了，俄罗斯军队想要拿下格鲁吉亚首都第比利斯也是轻而易举的事情。

格鲁吉亚对南奥塞梯发动的是"闪电战"，俄罗斯对格鲁吉亚发动的也是"闪电战"。以"闪电战"制裁"闪电战"，双方胜负立见。

战争，有些时候真的像儿戏，一种残酷、流血、死人的儿戏。

卢宇光在格鲁吉亚和南奥塞梯一共待了15天，还受了一次伤，真可以说是出生入死。

后来卢宇光在北京接受记者采访时透露："为躲避炮弹，我经常得练习怎么3步跑进防空洞。当时最缺的是水，每天一个人只能在维和部队营区领到一瓶矿泉水，一天只有早上一顿饭，饭是一种由牛奶、高粱米、大米糊混在一起的东西，能多吃一点儿就多吃一点儿……在拍摄过程中，我们的摄像机还曾被装甲车给碾碎，摄像师的腿受伤并缝了7针……"

七、战争"花絮"

战争留给人们的印象，不外乎是枪林弹雨、炮火连天，尸横遍野、血流成河。

不错，这就是战争残酷的一面。此外，战争还有另外一面，那一面很少会被人看到，碰巧，卢宇光看到了。这种情况，可能也只能出现在俄格战争这种特殊背景下。

1. 一张维和部队军官的床

1992年，格鲁吉亚为了避免与俄罗斯间的冲突进一步扩大，便与俄罗斯、南奥塞梯三方达成《达戈梅斯停火协议》，暂时停止军事行动，同意组成俄罗斯－格鲁吉亚－奥塞梯混合维和部队。

俄罗斯军队进入南奥塞梯的第二天（8月9日）晚，在俄罗斯维和部队营地宿营时，格纳申科夫对营区里的官兵说："卢是我军的朋友。"

别人都睡在防空洞等掩体工事里面，有个木头当枕头就不错了，格纳申科夫让一个俄军少校把他的房间让出来，让卢宇光住，因为那个房间里有一张床。

卢宇光不好意思睡床上，在战时能睡床，那都是将军级别的待遇啊！

格纳申科夫对卢宇光说："你必须睡床上。"

格纳申科夫来自莫斯科总部，级别又很高，那个少校可能心里不乐意，但必须服从命令。

那张床看上去是一张钢丝床，卢宇光往上面一躺，感觉身子底下硬邦邦的，掀开垫子一看，钢丝床的中间有两个大窟窿，上面垫了两块木板。

由此可见，当时俄罗斯维和部队的生活条件也够艰苦的。

2. 装甲车上的"自动流水线"

俄罗斯人对生活设施不太讲究。比如他们的装甲车，从外面看很气派，里面的设施就不讲究了。车上本来有两排座椅，时间一长被颠坏了，也没人修，就弄两条木头板凳放在上面坐人，装甲车颠得那么厉害，人坐在木头板凳上得多难受哇！

装甲车空间小，没有厕所。战争状态，士兵经常尿急，又不敢下车方便，怕被敌方狙击手袭击，只好在车上解决。尿在车上自然不妥，有人便想出一个办法：弄一根管子通到车外，再找一个可乐瓶子剪掉一半，把瓶口连到管子上，就成功发明了"自制小便器"，戏称"自动流水线"。

后来有的伤兵把这个"自动流水线"的创意移植到了野战

医院里，发明了一个"病床自导管"：弄根管子通到门外，这头弄个可乐瓶子放在床上，晚上上厕所不用起来，躺在床上即可方便。有一天，卢宇光到野战医院采访，发现一个伤兵的床被尿打湿了一大片，问他是怎么回事，他说："'自动流水线'回流了！"

原来，护士晚上来查房，出去的时候，不知道门缝里有条管子，无意中把门关死了，管子被卡住了，尿就回流了。

卢宇光告诉我，他在俄格战争期间坐的那辆履带式装甲运输车让人非常难受。履带式装甲车转弯的时候，主要不是靠方向盘，是靠踩刹车，驾驶员一踩刹车，就"吱——"一声，声音非常刺耳。他下车以后，那个"吱——吱——"的踩刹车的声音能在耳边响两三天。装甲车的发动机是烧柴油的，黑烟直

卢宇光在简陋的装甲车内。

往车里灌,人坐一次车,脸是黑的,鼻孔是黑的,吐出的痰也是黑的。

到了不危险的地方,大家就说:"开空调!开空调!"所谓"开空调",就是把装甲车上的射击窗口打开,让新鲜空气从小窗户那里灌进来。

卢宇光还说到一个很有用的战场经验:打炮的声音震耳欲聋,最好的办法就是用子弹壳的底部把耳朵堵上,这样炮声就不震耳朵了,否则人好几天啥也听不见。

3. 两支俘虏一百多敌军

这个故事,也是卢宇光在张召忠的那个《军武大本营》节目里讲过的,张召忠、女主持人,再加上卢宇光,对话形式很生动,我把3个人的现场对话整理成了文字,抄在下面——

卢宇光:最有戏剧性的是,格纳申科夫带领我们进入格鲁吉亚。我们新闻车是一台装甲车,前面有一门36.5毫米口径的火炮,车里全部是记者。格纳申科夫挎一把冲锋枪坐在车上面。我当时在里面坐得很闷,就说:"我能不能坐上面?"他说:"你要坐上面?那就我们两个一起坐上面。""哗!"装甲车就一直开。最后驾驶员说:"报告,我们快到第比利斯了!"这个时候我们的车就退了回来,退回到一个山包下面,突然见到山上密密麻麻地下来一批人,是格鲁吉亚从伊拉克回来的部队,准备参加俄格战争的最精锐的部队,拿的全是美式枪械,穿的是沙漠迷彩服装。

女主持人:是碰巧遇上的?

卢宇光：是。他们"哗"地就下来了。我们一辆装甲车，上面坐了两个人，一个格纳申科夫，一个我，我戴着一顶坦克帽。格纳申科夫"嗒嗒嗒"地打了一梭子子弹。

女主持人：他还先开枪？

卢宇光：他一开枪，那边的人都愣了。格纳申科夫大喝一声："缴枪不杀！""哗！"100多人，齐刷刷地跪在那里。然后格纳申科夫说："起立！赶紧跑到后面去。我这是先导车，到后面缴枪去。"格鲁吉亚士兵"哗"地就全部跑光了，一枪都没打啊，100多人。

女主持人：天哪！

张召忠：后边有兵没啊？

卢宇光：后面哪儿有兵啊！

女主持人：空城计啊！

张召忠：这个厉害。

卢宇光：就是气势，"战斗民族"的气势啊！

张召忠：就你们一辆车？

卢宇光：就我们一辆车，而且就他和驾驶员两个军人、两把冲锋枪。

女主持人：把人家精锐部队吓住了？

卢宇光：最好笑的是，旁边格鲁吉亚士兵跑过去时问我："哪儿的？"我说："中国。"他很惊讶："啊，中国也参战了？"因为我戴了顶坦克帽，他以为我是军人。

卢宇光：我后来去采访老百姓，我问："这场战争，你最大的感受是什么？"他说："我们家窗帘都没了。"我说："为什么窗帘没了？"他说："我们家窗帘是白色的，格鲁吉亚士兵逃跑的时候,把那窗帘全拉走了,准备投降用的。"

女主持人:想得很周到啊!

卢宇光:我觉得这个军人素质啊,不是说一天两天能锻炼成的。这种"战斗民族"的气势,要好几辈人才能养成。

4. 西方记者的特殊待遇

参加俄格战争战地采访的媒体中有很多西方媒体的记者,他们不仅要在三方交战的战地上采访,还要到格鲁吉亚首都第比利斯采访,采访完了,就给俄罗斯国防部新闻局打个电话,俄罗斯会派装甲车到第比利斯郊区的哨卡去接他们。格鲁吉亚军队则负责把这些西方记者送到哨卡。格鲁吉亚军队是打着白旗过来的。

笔者问卢宇光:"你们为什么不能去第比利斯采访呢?"

卢宇光:"我们可能去不了。我是从俄罗斯这边来的,格鲁吉亚不会让我们去。当然我也没去试。西方记者到哪里都是通行无阻的。如果有西方记者从格鲁吉亚那边过来采访俄罗斯军队,采访完之后,俄罗斯军队会派车把他送到俄格边界,然后让他自己走回去。他走过去大约1千米后,格鲁吉亚军队在那里等着,把他接回去。"

笔者:"这哪里是打仗,就跟闹着玩儿似的。"

卢宇光:"虽然边境上没有战争的气氛,但是这确实是一场战争,有很多人流离失所、家破人亡。"

5. 地下桑拿室和地下医院

不知道是不是因为时刻准备打仗，南奥塞梯有很多设施是建在地下的。

比如，在茨欣瓦利，有个地下桑拿室，地面上坦克炮"咣、咣"地打，一帮军官却在桑拿室里面洗桑拿。卢宇光接到了邀请，但身上有伤，不能去洗桑拿，只是进去参观了一下。

大家想想那个画面：头上坦克炮"咣、咣"响，地下一帮军官光着屁股在里面蒸桑拿，是不是很滑稽？

这只能说俄罗斯军人的心理素质比较好，也可能他们认为，在这场双方战力不对等的战争中，蒸桑拿也没有太大的危险。

茨欣瓦利是个旅游胜地，夏天有很多人到这里旅游度假，其中有外国人，也有在俄罗斯、乌克兰、英国等地工作的南奥塞梯人，他们当中有很多人是医生和护士。8月8日战火一起，这些医务人员就不约而同地来到茨欣瓦利医院，帮助医院救护伤员。这些人身上，真正体现了医者仁心的品格。

这所医院分地上、地下两部分，很多手术室设在地下。

一进入战争状态，所有的秩序就都乱了。说起来，南奥塞梯和俄罗斯更像是一伙儿的，格鲁吉亚是敌方。这里是南奥塞梯的医院，所救治的伤员应该是南奥塞梯人和俄罗斯人，结果被送进来的伤员有很多是格鲁吉亚军队的官兵。

也可能三方的军人从长相到军服都太像了，救护人员分不清楚谁是谁，见到伤员就往医院里送。都是伤员，大家总不能见死不救吧？那些医生也真是职业道德为上，认真执行救死扶伤的天职。

也许他们是这样想的：被送来的伤员都是我的病人，救死扶伤是我的事，政治审查是你们的事。我救过来，你们怎样处置跟我没关系。

当时卢宇光正好在地下医院采访，亲眼看到了这混乱的一幕。

南奥塞梯国防军总参谋长阿纳托利·伊利其·比比耶夫受伤住院，卢宇光还采访了他。当时卢宇光是唯一到南奥塞梯采访的华人记者，所以这位比比耶夫总参谋长记住了卢宇光的名字。

八、一枚"南奥塞梯英雄"勋章

2018年，俄格战争10周年，当年卢宇光采访过的南奥塞梯国防军总参谋长比比耶夫已是南奥塞梯共和国总统。比比耶夫念旧，当了总统还没有忘记卢宇光，特地邀请卢宇光访问南奥塞梯，并授予他一枚"南奥塞梯英雄"勋章。

在此之前，俄罗斯国防部曾授予卢宇光一枚"勇士记者"勋章。

10年前，因为战争，卢宇光除了采访，没有时间游览南奥塞梯。这一次，他作为总统的贵宾，去参观了很多地方，还到老百姓家里做客。

在南奥塞梯共和国，"南奥塞梯英雄"是规格很高的荣誉，如果卢宇光留在那里生活，他的子孙三代可以享受南奥塞梯的免费住房、免费旅游、免费疗养等待遇。他退休之后，可以享受南奥塞梯最高荣誉军人的退休金。在南奥塞梯，没有几个人获得过"南奥塞梯英雄"勋章。

当然，卢宇光是不会去那里生活的。

第十一章　奥什骚乱

一、骚乱起因

我先引用一段当时媒体的报道：

人民网（2010年）4月9日讯：7日，吉尔吉斯斯坦首都比什凯克及纳伦市、塔拉斯市等地发生大规模骚乱。吉尔吉斯斯坦卫生部宣布，骚乱事件已导致40人死亡，400多人受伤。目前吉尔吉斯斯坦在全国范围内实行紧急状态，并在比什凯克市实行宵禁政策。

反对派8日在比什凯克宣布成立以吉尔吉斯斯坦前外长、社会民主党议会党团领袖奥通巴耶娃为总理的临时政府。有消息称，吉尔吉斯斯坦总统巴基耶夫目前在吉尔吉斯斯坦南部的一座城市里，并已经提出要与临时政府举行对话。

9日下午，针对吉尔吉斯斯坦出现的骚乱问题，中国国际问题研究所中国周边安全研究中心主任赵鸣文做客强国论坛，与网友在线交流。

赵鸣文说，吉尔吉斯斯坦此次的骚乱事件有三大诱因：第一，由于吉尔吉斯斯坦的"郁金香革命"，也可以说是2005年3月事件以后，巴基耶夫政府没能解决好本国的经济、民生和腐败等问题，导致民众不满情绪不断蔓延；第二，巴基耶夫政府一直没能有效解决和缓解与反对派之间的矛盾，加上应对金融危机的举措有限，民众的期望值与巴基耶夫政府的政治和经济改革成果落差较大，广大人民对现政府渐渐失去了信心；第三，2009年底和2010年初，受能源供应价格上涨影响，吉尔吉斯斯坦当局将民用和供暖费等生活用品价格大幅提高，引发了民众的极大不满情绪。

有网友提问："这个国家发生骚乱的深层次原因是什么？"

赵鸣文分析，深层次原因主要分为内部因素和外部因素。这篇报道很长，这里仅列出几个内部因素：一是民生问题较为突出，二是吉尔吉斯斯坦政府施政不当，三是政局持续动荡，四是政府未能消除腐败，五是"南北矛盾"没有得到解决，六是民众对"郁金香革命"成果不满。

前期发生骚乱的城市并没有奥什，奥什的骚乱发生于2010年6月。

从所看到的资料中我们大致可以得出的结论是：外部因素是"颜色革命"，内部因素是政府无能，再加上反对党发动政变，于是引起更大的骚乱。

奥什市是吉尔吉斯斯坦的第二大城市，人口超过20万人。

骚乱歹徒火烧民居。

对全国人口只有640万的吉尔吉斯斯坦来说，20万人算是不小的数字了，发生骚乱也是惊天动地的事。

二、千里走单骑

卢宇光接到采访任务后，于2010年6月11日从莫斯科飞抵吉尔吉斯斯坦首府比什凯克。从比什凯克到奥什大多是山路，不通火车，他只能租汽车前往。

因为奥什发生了骚乱，司机都不愿去，卢宇光找了很多关系，最终找到过去认识的华裔商人李强，花了2000美元才租到一辆车。

从比什凯克去奥什有很多山路，特别不好走，出租车司机是个退役军人，车技不错，但车还是一路颠簸，卢宇光坐在里面很难受。

在距离奥什大约20千米的地方,卢宇光就见到路上有很多逃难的老百姓。

11日晚,卢宇光还没到奥什,当地的骚乱分子就用燃烧瓶把城里的商店都砸了,吉尔吉斯族与乌兹别克族的帮派开始枪战。当时情况很复杂,过渡时期总统萝扎·奥通巴耶娃宣布,奥什市及邻近地区实施宵禁政策,时间为20时至次日6时。

卢宇光乘坐的汽车到了奥什的郊外,看到公路被政府军封锁,汽车根本开不进去。李强提前给奥什的华人协会打了电话,请他们把卢宇光接进城。来接卢宇光的人也是华人,也姓李,赶了一辆毛驴车。毛驴车可以走山路,不走公路也能进城。

这位毛驴车"司机"很幽默,在毛驴车上安装了一个从拉达车上拆下来的挡把,把毛驴车当汽车玩,一边赶车一边嘴里念叨:"一挡,二挡,三挡……"

12日中午,卢宇光抵达奥什市市区。

当时奥什骚乱已进入第二天,局势没有得到控制。吉尔吉斯斯坦临时政府发言人法里德·尼亚佐夫说:"骚乱第一天,就造成超过37人死亡,至少500人受伤。"

三、惨不忍睹

卢宇光到达奥什以后,首先要找个地方住下来。

这里他以前来过几次,可以接待外国人的宾馆都集中在奥什市中心。他在开车往那里走的时候,看见一路都是浓烟,遮天蔽日,很多吉尔吉斯族的年轻人带着枪和金属棍,冲到乌兹别克族人居住的地区，把商铺给抢了，把房子点着烧了。一些乌兹别克人住的房子，被人用吉尔吉斯文和俄文标注，中间画个圈，再打个叉。

在路上，卢宇光看到一具裸体女尸，身体很胖，脑袋没有了，躯体横在污水沟里。接着，卢宇光又看到很多尸体，横七竖八地躺在街头，男的女的都有，场面非常血腥。

12日晚，临时总统奥通巴耶娃发表电视讲话，说奥什需要派武装力量进入。没想到她发表电视讲话后，奥什的骚乱分子非常愤怒，局势更加失控，有人怒砸电视机，把电视塔都给炸了。奥什的骚乱分子已经到了疯狂的地步。

在奥什地区，吉尔吉斯族占当地人口的70%，乌兹别克族只占15%，另外15%为其他民族。长期以来，吉尔吉斯族和乌兹别克族一直因土地、住房等问题存在矛盾和摩擦，20世纪90年代就曾发生过武装冲突，导致数百人死亡，当时的苏联政府

骚乱中无家可归的人们

派兵平息了骚乱。

这次吉尔吉斯斯坦发生的骚乱，本来是由政治原因引起的，结果到了奥什，又演变成了两个民族间的冲突。乌兹别克族人口少，打不过吉尔吉斯族，没有办法，就在市中心广场上用红漆写了个巨大的"SOS"，向外求救。卢宇光看到这个求救信号，感到很震撼。

卢宇光在奥什采访期间，还看到吉尔吉斯斯坦骚乱分子在大街上为非作歹，发泄兽性，明目张胆地作恶，但是谁也不敢管。

四、骚乱中的华人

吉尔吉斯斯坦有很多华人，大多是从我国新疆地区过来做生意的。奥什骚乱发生以后，很快波及比什凯克，很多华人就被困在了那里，中国政府要把他们解救出来。当时中国南方航空公司派去了一架专机，停在比什凯克机场上，但是城市已经陷入混乱状态，要把华侨接到机场比较困难。

中国政府要求吉尔吉斯斯坦政府派兵和装甲车予以保护。吉尔吉斯斯坦政府派了4辆装甲车，护送着6辆运送华侨的大巴，浩浩荡荡地开到了机场，据说场面非常壮观。但是当时卢宇光正在奥什北部采访，没有接收到中国驻吉尔吉斯斯坦大使馆的信息，等他回到比什凯克时，接侨工作已经结束了，他错过了一次展示中国政府接侨工作的机会。

前文说的华商李强，其父是上海知青，后来留在了新疆。李强后来到吉尔吉斯斯坦考察，发现那里的生意比较好做，就从霍尔果斯口岸进入吉尔吉斯斯坦。

一开始，他在比什凯克经营一家饭店，很快便与吉尔吉斯斯坦官员混熟了。每次卢宇光到吉尔吉斯斯坦采访，都是李强帮助联系见一见，负责带路。

有一次，卢宇光到比什凯克采访，李强说："老卢，我给你联系吉尔吉斯斯坦总理吧！"

卢宇光半信半疑，以为他在吹牛，结果当晚他就带卢宇光去了总理家。

总理家有一条很大的狗，一见有生人来，狗就叫了起来，叫得很凶。李强吆喝了一声，狗就不叫了，马上对着他摇头摆尾，说明他是总理家的常客。

他不仅在奥什也开了超市，在吉尔吉斯斯坦各地都开了很多超市。每次遇到吉尔吉斯斯坦发生骚乱，他的超市都不关门，示威游行的队伍走到他的超市附近，他就让人把门打开，游行的人要喝什么、要吃什么，就进去拿啊！实际上，超市里面只有矿泉水和面包，值钱的东西早被转移走了。

不过这一次，李强的运气没有那么好，骚乱分子把他的公司所在的一座4层高的楼全部烧掉了。

6月14日，吉尔吉斯斯坦政府派出军队对发生骚乱的城市进行军管，骚乱被彻底压制了下去。

政府抓了很多人，对骚乱分子进行了刑事处罚。

据媒体报道，截至6月16日，奥什骚乱已造成187人死亡。

第十二章　死去活来

一、濒临死亡的感觉

中国有个成语：死去活来。按照《现代汉语词典》的解释，它的意思为："死过去又醒过来，形容极度悲哀或疼痛。"

这个词一般是当形容词用，极少人真的有"死过去又醒过来"的经历。

卢宇光有过。

卢宇光曾经这样描绘他那次濒临死亡的感觉——

就像漆黑的隧道里见到一丝针线一样细的光，我几乎指挥不了沉重的四肢，向着亮光爬动，光线越来越亮。突然，我感觉到喉咙开始堵塞，感觉到自主咳嗽，终于开始呼吸，有人使劲儿击我的双颊，我见到的第一个模糊影像是我的同事仝潇华。

正是因为活着的人不知道，也看不见濒临死亡的状态，大多数人对生命充满眷恋，才会臆想出死亡以后的种种感觉，其实这也是一种希望活着的表现。

这一天是 2012 年 10 月 18 日。

1963 年荣获诺贝尔医学奖的科学家约翰·艾克理爵士说，人体蕴藏着一个"非物质"的思想与灵识的"我"，"我"是从胚胎时期或幼年时进入肉体的大脑的，它控制着大脑，好比人脑指挥电脑。

可是我没碰到这个"我"。

仝潇华告诉我，当时中国驻俄罗斯大使馆的相关人员在医院走廊里等着我的消息。

10 月的莫斯科，是应该帮女儿安娜从柜子里找出暖暖的外套的时候了。在中国南方的 10 月，这是个我喜欢的季节，这个时候祖国东北的大部分地区已银装素裹，是冬天的气候了，但莫斯科仍然是秋天。

二、心肌梗死

2012 年 9 月至 10 月，卢宇光参加了多次军事演习。那段时间他每天从早忙到晚，特别累，觉得身上很不舒服，没劲儿。发病那天，卢宇光在办公室里加班。他写了一篇稿子，按照台里的规定，稿子必须发到中国香港总部去，编审通过后才能播出。莫斯科与中国香港的时差是 5 个小时，莫斯科是深夜，中国香港是凌晨。台里有一位值班总监，办事非常认真，稿子里的"白令海"，被卢宇光写成了"白海"，总监就向卢宇光指出："你写错了。"卢宇光辩解说没错，在俄语里面"白海"和"白令海"发音是一样的。总监说:"我不管俄语怎么发音,你把位置搞错了。"卢宇光继续进行辩解,不肯服输,于是两个人就在电话里你一句我一句地争吵起来。

卢宇光放下电话,感到有点儿胸闷,以为是刚才和总监吵架气的,就到4楼的健身房里,想活动活动身体。他举了几下哑铃,又在跑步机上跑了一会儿,感到左胸口越来越难受,就停止了运动,回到3楼的办公室里坐下来休息。

这时候他感到左胸很疼,喘不过气,浑身冒虚汗,接着便从椅子上滑了下去。他意识到自己的身体出了状况,就用力叫了一声:"仝潇华!"

仝潇华是记者站的同事,因为她在莫斯科的住处距离记者站太远,单程就需要两三个小时,所以平时她就住在办公室里。她的办公室与卢宇光的办公室相隔两个房间,当时她也在加班,听见卢宇光喊她,声音有点儿怪,就赶紧跑到卢宇光的办公室里,一看卢宇光躺在地上的情景,顿时吓坏了。

仝潇华对卢宇光说:"你不要说话,我马上叫救护车!"

救护车到的时候,卢宇光已经陷入昏迷状态。本章开头引用的卢宇光后来自己写的"濒临死亡的感觉",就是在这个时候产生的。昏迷之前,他还在心里想:这次我完了。

救护车上的医生认为卢宇光是心肌梗死,病情严重,很危险,不敢耽搁,只能就近送医院进行抢救。

那是一家社区医院,条件较差,除了有个做心电图的机器,其他什么现代化的医学设备都没有。

这家医院的主治医师曾是部队军医,有急救经验,给卢宇光用了强心药,然后用最原始的办法——溶栓,救了卢宇光的命。

他当时感觉非常疲乏，就想睡觉。医生就不断地跟他说话，不让他睡过去。医生说："你不能睡！"

重症监护室里面还有一个俄罗斯老太太，不知得的什么病，医生除了给她挂吊瓶，没有采取任何治疗手段。老太太一直在叫："疼啊！疼啊！"

卢宇光很奇怪，这个老太太怎么没有人抢救？

过了一会儿，老太太不叫了，卢宇光以为她睡着了，后来就见进来一群人，把老太太推走了。原来老太太已经"走了"。

他想起身看看，护士说："你不能动，你得溶栓。"

后来他得知，老太太是癌症晚期，属于不可救药的程度，被送进来也是在这里等死。

重症监护室安静下来，卢宇光突然感到有些孤单。老太太乱叫的时候，他心里有点儿烦，一安静下来，他反而有点儿恐惧。过去在各地的战场上，他见过很多生死场景，从来没觉得死亡是如此恐怖的事情。也许是他刚刚体验了"濒临死亡"的感觉，"死过去又醒过来"，就对死亡有了真实的感受，因此更加珍惜活着的时光。

他在重症监护室里静静地躺着，静静地思考人生。

在此之前，他曾多次历险，两次负伤，见过许多血腥恐怖的场面，但是从没有像现在这样心情复杂。他第一次感觉到：哎呀！死亡离我这么近！

天渐渐亮了，旭日东升，霞光万丈。卢宇光昨天晚上以为自己完蛋了，没想到还能看见新一天的太阳。他欣喜地感到：活着真好！

第十二章 死去活来

俄罗斯的医院,哪怕是社区医院,如果不是探视时间,是不准病人亲属随便进入的。

早晨,仝潇华带着她给卢宇光熬的白粥,被保安挡在了门外。仝潇华很机灵,塞给保安100卢布,保安就给她打开了进医院病房的大门。

当天上午,仝潇华将卢宇光的病情通知了卢宇光的妻子玛丽娜、卢宇光的妹妹卢红玲、凤凰卫视总部、中国驻莫斯科大使馆,以及卢宇光的其他亲朋好友。

凤凰卫视领导告诉仝潇华,要不惜一切代价,给卢宇光最好的治疗,不管花多少钱都行。

中午13时至14时是探视时间,但由于卢宇光在重症监护室里,仍然不允许被探视。仝潇华只好通过护士给卢宇光传字条。她告诉卢宇光:"中国驻俄罗斯大使馆的工作人员前来看望。"

大家的关心,让卢宇光很受感动。

卢宇光的主治医师向仝潇华介绍了卢宇光的病情,医生说:"病人的病情现在已经稳定了,如果再来晚一点儿,性命不保。他这个病是心肌梗死,很严重,严重到什么程度了?就是已经快堵上了。我们给他打了溶血栓的药物,血液流动很慢很慢,所以呢,这个病一定要做手术,通过做手术来彻底治疗。"

仝潇华问:"在你们医院做手术吗?"

医生说:"我们医院条件有限,不能做这样大的手术。我给你们推荐几家莫斯科的心脏病专科医院,想到哪家去,你们自己联系。"

卢宇光的妻子玛丽娜来了，她的表现让仝潇华和大使馆的官员感到意外。

玛丽娜当着大使馆官员和仝潇华的面，很不客气地说："你们凤凰卫视害了卢宇光！把他的身体搞坏了，害了我们整个家庭！他要是走了，我们几个怎么活？"

玛丽娜这时已有点儿精神错乱了。她语无伦次地说："这个月卢宇光还没给我钱，我是来要钱的，不是来看他的。"

玛丽娜不知道卢宇光得了什么病，也不知道他现在怎样，似乎也没有这方面的概念。她只知道没有钱日子没法过。

卢宇光得知玛丽娜来要钱，就告诉仝潇华，在他的办公室的抽屉里有个钱包，里面有 1000 美元，把这 1000 美元交给玛丽娜。仝潇华赶紧回去取钱。

玛丽娜拿到钱就走了，也没问问卢宇光病情如何，回去后还消失了好多天。

医生知道了此事很生气，安慰卢宇光说："你不能生气。"

卢宇光说："我一点儿都没生气，钱是我应该给的，老婆孩子总要用钱吃饭嘛！"

其实卢宇光心里还是很在意的，毕竟他是中国人，不习惯她这种为人处世的方式。

医生告诉所有来看卢宇光的人："卢宇光是心脏病，很危险，现在是最危险的时候，希望大家都不要去打搅他。"

大家送来很多吃的东西，医生不让送进病房，卢宇光只能吃医院的"病号饭"——用奶露煮成的粥。每天他躺在病床上，就静静地躺着，什么事也不能干。

10 月 20 日，卢宇光生病的第二天，凤凰卫视副台长刘粤

第十二章　死去活来

瑛和新闻总监吕宁思就从中国香港飞到了莫斯科。据吕宁思后来回忆说，走之前，刘长乐向吕宁思交代，要给卢宇光拍视频，台里在为卢宇光准备后事，追悼会怎么开、抚恤金怎么发、子女怎么安排等。吕宁思他们还带来了2万美元，给卢宇光做前期医疗费用。可吕宁思他们根本进不了重症监护室，更不要说拍视频了。

同一天，卢宇光的妹妹卢红玲也从香港飞到了莫斯科。因为她办的是旅游签证，每次她只能在俄罗斯逗留14天，实际上每次都是到了第13天，就要飞回中国香港，然后飞回来。

当时卢宇光与前妻的儿子卢遥也在莫斯科，卢宇光把儿子安排在记者站里当摄像师。卢宇光病倒以后，一开始卢遥还帮着忙碌了一阵，大约20天以后，卢遥就开始松懈了。过去一直被父亲管着，现在父亲病成这样，可算没人管他了，他把车开出去，人也找不到了。

卢宇光在医院里住了两天，病情逐渐好转，主治医师说："我们这里的治疗条件有限，还是应该把病人送到更好的医院去治疗。"

大家都认为卢宇光必须转院。

这时候，俄罗斯安全总局新闻局局长克留契科、国防部新闻发言人格纳申科夫，帮助联系了俄罗斯最好的心脏病专科医院——巴库列娃医院。

在巴库列娃医院，凤凰卫视给卢宇光要了一个豪华单间病房，每天的费用是500美元。卢宇光除了感动还有心疼，这项开支也太大了。

在卢宇光住进巴库列娃医院的第四天，他的一个外号叫

"马匪"的朋友（白俄罗斯人，本名安德烈）听说卢宇光病了，以为他住在家里，就跑到他家去看他，结果大人都不在家，只有两个孩子在。当时丹尼斯13岁，安娜才9岁。"马匪"问两个孩子："爸爸妈妈在哪里？"

孩子说："爸爸在医院，妈妈不知去了哪里，已经几天没回家了。"

"马匪"问他们这些天怎么过的，孩子说，冰箱里有些吃的东西，自己做饭，自己刷碗。

"马匪"一听这话很生气，觉得这个玛丽娜有点儿不可思议。老公躺在医院里，孩子这么小，她居然"失踪"好几天。"马匪"把两个孩子带到了医院，让卢宇光见见他们。他料想卢宇光也很长时间没见到孩子了。

"马匪"说："大哥，你这个老婆怎么是这样的人？这不管怎么样，不能不管孩子啊，这个老婆不行哪！"

"马匪"哭了，卢宇光也哭了。

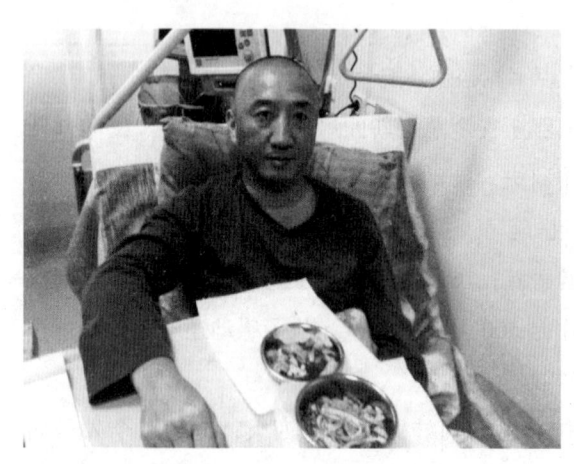

卢宇光在巴库列娃医院。

"马匪"哭,可能是为卢宇光,也可能是为自己,联想到了自己的处境,悲从中来。"马匪"的前妻也是俄罗斯人,生有一儿一女。离婚的时候,他只要了儿子和女儿,家产全被前妻占了,他几乎是净身出户。

卢宇光在和"马匪"抱头痛哭的那一刻,心已凉透了。

在巴库列娃医院,卢宇光的病情被进一步确诊——是辐射造成的心肌梗死。

三、日积月累的辐射

病情确诊后,卢宇光被吓了一跳。他躺在病床上反复思索:造成这一重大疾病的原因在哪里呢?最后,他找到了以下几个原因:

第一,当年在雪岱山工作时受到的雷达波辐射。

第二,2004年4月,第一次进入伊拉克采访时以及在其他战场采访时受到的贫铀弹辐射。

第三,2005年3次进入切尔诺贝利核电站采访时受到的核辐射。

先说雪岱山。

卢宇光从1978年当兵,来到边境线上的雪岱山服役,一直到1983年离开这里,除了在旅顺学习俄语两年多,一共在山上待了两年。他是雷达兵,当时最高的那个山头上安装了一部403雷达,当时,大家的防护意识不强,雷达的发射机就在荧光屏旁边。每次雷达一开机,因为有静电,卢宇光的头发都会竖起来,每个雷达兵都会受到雷达电磁波的辐射。他的很多战友有高血压和心血管方面的毛病，可能就是长期受到高频辐射的后果。

后来卢宇光到俄军的加巴拉雷达站采访，才发现雷达电磁波的厉害之处。加巴拉雷达站设在阿塞拜疆境内，它面对的方向，10千米之内没有人烟。它前面的树都没有叶子，就像打了一条几千米的防火道。可以想象，这个电磁波有多厉害。

再说切尔诺贝利核电站。

2006年4月26日是"切尔诺贝利事件"20周年，凤凰卫视策划了一期专题节目，需要提前进行准备。切尔诺贝利核电站事故现场，不是什么人想去就能去的，记者需要通过特殊的关系才能到里面采访。卢宇光调动各种资源，向乌克兰紧急情况部提交了采访申请，并得到了批准。

2005年9月，卢宇光和凤凰卫视的同事郑浩一起到切尔诺贝利核电站事故现场了解情况，为节目组打前站。

从乌克兰首都基辅到切尔诺贝利核电站旧址约145千米，路上他们走了很长时间。当时正是秋天，虽然天气不是很冷，但路边的树叶都掉了，给人一种挥之不去的悲秋之感。

卢宇光和郑浩到了那里，找到了紧急情况部给他们介绍的联系人。那人也长着两撇小胡子，我们姑且继续称他为"小胡子"。

进入禁区之前，小胡子让卢宇光他们交钱，租用伽马表。卢宇光他们拿着伽马表，可以随时测量所去的地方有没有辐射、辐射量是多少。在等待拿伽马表的时候，小胡子把卢宇光拉到一边，对他说："我们生活很清贫，能不能给我们一点儿小费？"

卢宇光说:"小费一定会给你。"

小胡子说:"你先支付。"

卢宇光问:"支付多少?"

小胡子说:"500美元。"

卢宇光说:"开玩笑,500美元太多了!"

确实,500美元在当时不是个小数目,何况他也没地方支出这笔钱,租用伽马表加上陪同费用才150美元。

卢宇光说:"给你100美元。"

小胡子说,100美元能干什么呀?他嫌少,就没收,然后便开始"关照"卢宇光他们了。他给卢宇光和郑浩的两个表都是坏的。当然,这是他们事后才知道的。

他们先到达距离切尔诺贝利核电站旧址约7千米的普里皮亚季城,城里的人全部都搬走了,因此这里被称为"死城"。然后他们来到消防队旧址、封闭核泄漏的石棺,以及普里皮亚季的一个幼儿园。在这个幼儿园里,他们看到有很多将近20年前的孩子们用过的课本。

卢宇光指着课本问陪同他们的小胡子:"这个没事吧?"

小胡子说:"没事,课本已经没有辐射了,你拿伽马表测一测。"

卢宇光就用伽马表测了一下,表没响。伽马表是坏的,就是有辐射也不可能响,可当时他们根本不知道。郑浩翻动书页的时候,书页很干燥,翻不开,他还用舌头舔着手指,把唾液舔在手上,舔一下翻一页。

卢宇光他们走出核电站的时候,检测核辐射剂量的警报器"哇哇"叫,而他们的伽马表毫无反应。卢宇光这才知道,小胡子给他们的伽马表是坏的！就因为卢宇光没有满足他500美元小费的要求，他就给卢宇光他们使了这么大的坏，租给他们坏表！人心险恶，人性的黑暗，卢宇光在这里有了切身体会。

卢宇光和郑浩愤怒至极，却不好发泄。人在屋檐下，不得不低头，如果他们把关系搞僵了，说不定对方又会闹出什么幺蛾子。

核电站附近有个冲澡的地方，他们把受污染的衣服脱下扔掉了，然后用漂白粉冲洗身体。当时已是秋天，那里又没有热水，他们只能用凉水冲澡，很冷，却没有别的办法，愣是用漂白粉和凉水冲洗了半个小时。

那里提供干净的大裤衩和浴袍，大裤衩10美元一条，浴袍30美元一件，疯狂地宰人哪！为了省钱，他们买了两条大裤衩、一件浴袍，两个人裹在一起回到了宾馆。他们的机器则放在那儿进行消除辐射处理，3天后再去取。

这是卢宇光和郑浩最狼狈的一次采访活动。

过了几天，凤凰卫视的第二批人马到了，有主持人陈晓楠、两名摄像师等一共6个人。这次他们吸取教训，去了以后，不用小胡子索要，直接就送给他500美元小费。小胡子如愿以偿地得到了小费，态度马上就变得很热情，给他们的伽马表也都正常了。这次卢宇光刚走到石棺附近，伽马表就"哇哇"叫起来，数字显示达到700，超出正常值十几倍。

后来，卢宇光为凤凰卫视的这个节目做回访又去了一次。后面两次都很顺利，因为他有经验了，没有受到什么辐射，就是第一次受辐射比较严重，辐射剂量超出正常值许多倍。至于说这些剂量对人体的损害有多大，因为每个人的体质不同，受到的伤害也不同,一般情况下是检测不出来的。

最后说说伊拉克的贫铀弹。

2005年1月,中国8名务工人员被恐怖分子绑架,卢宇光第二次去伊拉克采访中国人质事件。有一天,经过被炸毁的官邸,他心血来潮走过去看了看,并在废墟上捡了几件小物品和炮弹壳做纪念。他不知道美军在伊拉克战场上使用了贫铀弹,那几件纪念品有的沾染了辐射物质。回到莫斯科以后,卢宇光把这些东西摆放在家里。有一天,他的妻子玛丽娜从单位拿了一个伽马表回家,在那几件纪念品上面一测,伽马表是红的,表明炮弹壳被污染了。卢宇光赶紧把那些"危险的纪念品"扔了。

上述这些情况,让卢宇光对自己得病的原因有了一个合理的解释。

四、冠状动脉旁路移植术

凤凰卫视董事局主席刘长乐得知卢宇光病情好转,就给卢宇光打电话说:"准备派飞机把你接回中国治疗。"

卢宇光生病以后,时任中国驻俄罗斯的相关工作人员对他的病情非常关注,专门给俄罗斯政府写了一封信,希望俄罗斯政府能提供一些帮助。

俄罗斯政府对此信非常重视,就联系了莫斯科最好的医院——总统医院。

卢宇光在巴库列娃医院住了一个星期,又被转入了总统医院。

俄罗斯安全总局新闻局局长克留契科等人协调俄罗斯联邦卫生部官员,请莫斯科最好的专家进行会诊,专家都认为应该进行手术,否则会有再次心肌梗死的危险。俄罗斯联邦卫生部决定由俄罗斯总统医院的专家给卢宇光做冠状动脉旁路移植术(俗称"心脏搭桥手术")。

卢宇光被转到总统医院后,住的也是一个单间病房。他的主治医师叫加加耶夫,是医院副院长兼心脏内科主任,很有名气。

2012年11月19日,在卢宇光发病一个月之后,加加耶夫为他做了心脏搭桥手术。卢宇光被推进手术室,然后进入全麻状态。全麻的感觉就和睡着了一样,他没有体会到那种濒临死亡的状态。

大家等在外面,默默为卢宇光祈祷。尽管医生安慰大家不要担心,可这毕竟是又开胸又搭桥的心脏手术啊!谁能保证万无一失?

7个小时后,加加耶夫宣布:手术非常成功。守在门外的人都高兴得跳了起来。

开胸手术是个大手术,对卢宇光的意志也是一次大考验。麻药的药力过去以后,刀口非常疼,加加耶夫要给卢宇光打吗啡止痛,被卢宇光拒绝了。之前,卢宇光在车臣战争和俄格战争中两次负伤,打过吗啡,他担心打吗啡会上瘾,决定自己硬扛。疼得厉害的时候,他就紧咬牙关。

他的毅力,让妹妹和同事既心疼又佩服。

在卢宇光住院恢复期间,妹妹卢红玲和同事全潇华天天守在医院里。还有那个卖报纸的曲远芳大姐,十几年没有联系,

第十二章 死去活来

不知从哪里得知卢宇光生病住院了,也跑到医院看他。这时候莫斯科已经进入严冬季节,冰天雪地,她每天在家里包好饺子,顶风冒雪地送到医院给卢宇光吃。她知道卢宇光喜欢吃烧鲫鱼,但是莫斯科冬天没有卖鲫鱼的,她就让她丈夫到河上去砸冰钓鲫鱼,然后做好送给卢宇光吃。她每次给卢宇光送饭,因为天冷,脸都被冻得通红,一定要等卢宇光吃完饭,把碗洗完再走。这让卢宇光感到特别温馨,特受感动。

手术一周之后,疼痛感慢慢减退,卢宇光就开始工作了。他让仝潇华他们把电脑等设备搬到病房里,再把他们拍好的片子拿来,他在病房里配音,然后发到中国香港去播出。

凤凰卫视的领导王纪言给他打电话说:"宇光啊,你现在尚未康复,就不要做了,好好恢复身体吧!"

但是卢宇光还是坚持每天做新闻。

加加耶夫问卢宇光:"刚做完手术一个星期就开始做新闻,你这么做,为什么?"

卢宇光说:"为什么?单位对我这么好,给我发这么多工资,又为我治病付出这么大的代价,我觉得我要感恩、报恩。现在我其他什么事都做不了,我只能做这个,不做心里有愧啊!"

卢宇光的这种工作态度和顽强精神,不但感动了单位领导,也感动了加加耶夫医生。

在卢宇光住院期间,妻子玛丽娜很少来看他。她一来就找他要钱,或者发一大堆牢骚,说她带孩子如何辛苦,有时一言不合就和卢宇光大吵大闹。

加加耶夫医生对她很反感，对卢宇光说："卢，你这个老婆不行，我发现她一来就找你要钱，除了钱就没有什么其他的事，你的心脏病是不能生气的。她一来就会跟你吵架，你要跟她离婚哪！"

时间一长，加加耶夫对卢宇光了解得多了，就对他格外尊重，照顾得特别周到。后来他还和卢宇光成了很好的朋友，并对中国文化产生了浓厚的兴趣。

加加耶夫的儿子本来在日本留学，在加加耶夫改变了对中国人的看法以后，他决定让儿子中止在日本的学业，到中国留学。卢宇光就介绍他儿子进入郑州大学学习中文，待其本科毕业后，又介绍他儿子到福建师范大学读研究生。他儿子研究生毕业后回到莫斯科，现在从事翻译工作，并成了一名"中国通"。

卢宇光还通过朋友邀请加加耶夫到中国旅行和进行业务交流。加加耶夫到过三亚、哈尔滨、郑州、上海等地，加强了对中国的了解。

他从上海回到莫斯科后，对卢宇光说："上海的高楼大厦，太让人震撼了！莫斯科和上海完全不同！"

卢宇光说："你喜欢上海的高楼大厦，我喜欢莫斯科的古老建筑，拿上海和莫斯科比，还是莫斯科的文化积淀更多一些。"

于是两个人哈哈大笑。

"死过去又醒过来"的卢宇光，继续风风火火地穿行于世界各地的战场中。

卢宇光从总统医院出院以后，就再也没有回家，一直住在

第十二章 死去活来

莫斯科记者站新装修的别墅里。2014 年 9 月,卢宇光与玛丽娜和平分手。不过,他们还是很好的朋友,经常和子女一起聚会。

左起:卢宇光、女儿安娜、前妻玛丽娜、继子丹尼斯。(2022 年)

第十三章　一进叙利亚

一、入境奇遇

叙利亚的国土面积约为18.5万平方千米，跟中国的河北省差不多大；战前人口2300万，与北京市常住人口处于一个量级。这样一个小国家，由于连年战乱，伤亡惨重，又有很多人逃往其他国家避难，现有人口更少。

叙利亚战争是从内乱演变为内战的。叙利亚内战是指叙利亚政府与叙利亚反对派组织、极端组织"伊斯兰国"（IS）之间的冲突。这样的局面既是叙利亚国内各政治派别之间激烈矛盾的体现，也是国际社会非正常干预的结果。

2013年10月，在叙利亚内战爆发两年半之后，卢宇光奉凤凰卫视中国香港总部之命飞到叙利亚采访。这时距离他做开胸手术还不到一年，他的身体尚未完全恢复。以这样的身体状况，他到叙利亚那种炮火连天的地方去，是需要有坚强的意志和毅力的。此行，他带的不是摄像师，而是一名厨师，为何？这也是不得已而为之。

每次一说要到战争地区采访，记者站的摄像师就会打退堂鼓，几年来，因为这个问题，卢宇光已经更换了很多个摄像师，所以一遇到紧急情况，卢宇光常常被搞得很被动。

凤凰卫视莫斯科记者站人员并不多，按说不用自己开伙，但是自从生病期间对家庭失望后，卢宇光出院后就住在记者站里，不回家了。他喜欢吃中餐，不喜欢吃西餐，于是就招聘了一个中国厨师。

这个厨师叫丁字军，很机灵，也爱学习。他表示愿意跟随卢宇光到战场上干点儿什么，卢宇光就教他学习摄像。丁字军能在很短的时间内就把设备安装起来或者拆卸下来。好在新闻电视摄像对摄像师技术的要求不是特别的高，重要的是把图像清晰地拍下来，遇到紧急情况，画面甚至都可以忽略，有声音就行。人们经常会在电视上看到记者气喘吁吁地奔跑，镜头乱晃，几乎什么都看不见，听近在耳边的枪炮声，要比看清晰的画面效果更有冲击力。

在战场新闻报道中，观众要看的不是精美的画面，而是现场感，关键是记者要在现场。

当时，叙利亚政府军面临的形势很严峻，反对派武装力量已控制了80%的国土，政府军只能退守在仅占国土面积20%的首都大马士革周围地区。当时俄罗斯和叙利亚还保持通航，一周有一趟航班，但是也不定期，这要视天气和大马士革机场的安全情况而定。大马士革机场距离东古塔比较近，东古塔是反对派武装力量围困大马士革的指挥部，反对派的炮火随时会危及机场的安全。

按照正常的飞行程序，飞机降落之前，都要在机场上空检查起落架，修正飞机的飞行状态和高度，要经过一转弯、二转弯、三转弯、四转弯，然后对准跑道降落。战时状态，为了防止飞机在机场上空遭遇火炮和导弹袭击，完全放弃了那些程序，飞行员都是采取"直线着陆"的方式降落。

卢宇光他们乘坐的是一架图-154型飞机，这种飞机是装有3台发动机的喷气式中远程客机，有158个座位，而那天乘客只有二三十人，大多是公务人员。

飞机进入叙利亚领空以后，一直保持高空飞行，在临近机场上空时，迅速下降高度，并"直线着陆"，然后立即滑行到一个"机窝"内（也有人称为"地窝"，就是一个三面设有障碍物用以保护飞机的地方）。

卢宇光看到，"机窝"的周边都垒起了高高的沙包，旁边还有装甲车守卫。当乘客从飞机上下来以后，卢宇光见到了一个奇观：用来运送乘客的不是大巴，而是装甲车！给乘客运行李的是一辆两侧用钢板焊起来的大卡车！

这种场景让卢宇光真切地感到自己现在正处在反政府武装力量的包围圈之中，叙利亚首都大马士革随时有被反政府武装力量攻克的危险。

摆渡装甲车开得很快，迅速将乘客送到候机大厅门口。卢宇光和丁字军从卡车上取下行李，不用走大门，从破碎的落地窗直接迈进候机大厅。有几块没有破碎的大玻璃上还残留了一些没被清理干净的血迹。

海关那边有一个小胡子男人看到有外国人来了，就把卢宇光他们拉到一边去检查行李，并让他们用英文填写报告单。卢

第十三章 一进叙利亚

宇光携带的卫星电话、摄像机、磁带等物品都被翻了出来,小胡子男人磨磨叽叽地一个劲儿找碴儿,说是没有叙利亚外交部新闻司的记者报道鉴定信不予放行。卢宇光心里很清楚,他就是想要钱。

卢宇光非常气愤。因为他们从莫斯科走的时候,通过朋友联系了叙利亚驻莫斯科大使馆的一个公使,已将大马士革这边的事都安排好了,叙利亚外交部的人和国防部的新闻官来接他们,结果还要被小胡子勒索。

但是,强龙压不过地头蛇,"县官不如现管"。小胡子索要300美元小费,卢宇光不甘心挨宰,就和他讨价还价,从300美元讲到250美元,忽然就听到远处有迫击炮炮弹飞过来的声音,卢宇光当即拉着丁字军卧倒在地。

接着他就听到"咣"的一声,炮弹在大门口那里爆炸了。一阵"哗啦哗啦"响,大厅的落地窗本来就没剩几块的玻璃又被炸碎了一块,周围的墙上有不少玻璃和炸弹的碎片。随后又一发迫击炮炮弹飞过来,"咣!"又在别处炸了。

海关里面的工作人员,包括那个小胡子,一听到炮弹的爆炸声,早就一溜烟儿地跑没影了,哪里还顾得上要小费!

卢宇光趴在地上,不像其他人那么紧张,因为他有经验。这种迫击炮的声音,他在第二次车臣战争中早已熟悉,迫击炮不像榴弹炮,第一、第二发炮弹是用来校验目标的,头两发打偏了,第三发必定不会偏。如果你处于被对方设定的目标位置,那么第三炮你就死定了。

卢宇光和丁字军见海关人员已作鸟兽散,赶紧把东西装进箱子,然后就往大厅外面跑。

丁字军都跑到门口了,转身又跑了回去——他想起护照被海关人员拿去盖章,还没取回来。结果他跑到工作台那里一看,护照上还没有盖章,海关的章就放在旁边,于是他就自己在护照上"嘭、嘭"地胡乱盖了章,然后把护照和章一起装进了口袋。他的想法是:这个章,下回还能用!

他哪里知道人家盖章是有要求的,不能乱盖。等3个月后他们离开叙利亚的时候,海关人员把他们拦住了,用放大镜仔细辨别那个章,发现章是真的,但盖的地方不对。海关人员盘问道:"你这个章是在哪里盖的?"

卢宇光说:"就在这里盖的。那天盖章的时候外面打炮了,在慌乱情况中可能没看准,能盖上就不错了。"

海关人员觉得他说得有道理,就没再纠缠,予以放行。

二、逃过一劫

卢宇光和丁字军跑出候机楼,找到了来接他们的3个人:纳西姆、雅拉和外交部官员。

纳西姆是俄罗斯籍叙利亚人,是卢宇光在莫斯科雇的阿拉伯语翻译,是先到大马士革打前站的。雅拉是叙利亚通讯社军事部的女记者,莫斯科的朋友介绍她来协助卢宇光在叙利亚采访,卢宇光私下付给她一些费用。

叙利亚外交官对卢宇光说:"很抱歉,不是用礼炮,而是用迫击炮的方式迎接你们。"

卢宇光说:"感谢迫击炮,让我节省了300美元。"

他说起他在海关遭到的"礼遇",几个叙利亚人都笑了。

第十三章 一进叙利亚

雅拉说："非常时期，请多多谅解。"

卢宇光职业精神极强，在机场外面就联系中国香港总部，当场开始直播。卢宇光的同事仝潇华对此事印象极深。那一天是 2013 年 10 月 18 日，正好是卢宇光心脏病住院 1 周年，卢宇光出征叙利亚，仝潇华到机场为他们送行，然后就在莫斯科等待他们安全抵达大马士革的消息。几个小时后，她就在凤凰卫视上看到了卢宇光的直播。

卢宇光和丁字军都是第一次到叙利亚，大马士革有一家五星级酒店，叫"玫瑰酒店"，条件很好，因为紧挨着叙利亚政府军总参谋部，人们担心反政府武装力量炮击叙利亚政府军总参谋部时受到误伤，都不愿入住那里。酒店每个房间的窗口都垒着沙袋，窗户上都贴着纸条，防止玻璃破碎的时候伤人。

很大一座楼，没有几个客人，房价很便宜，一个套间每天才 20 美元，卢宇光和丁字军各住一个套间，每天自己开伙。丁字军的本行就是厨师，他在那里大显身手，就连饭店老板都闻到了香味，循着香味来尝中国大厨的手艺。中国大使馆的官员和住在戈兰高地的中国维和官兵也会偶尔来品尝丁厨师烹制的佳肴。

但是，大马士革的生存环境十分恶劣，他们每天都生活在危险之中，稍有不慎就可能陷入绝境。

卢宇光在大马士革采访，除了雅拉的协调和陪同，叙利亚国防部还安排了一名特种兵少校哈桑做向导，每天带着他们采访政府官员、部队官兵、城市百姓。

有一天，哈桑对卢宇光说："卢，明天我们到郊区的一个地方去采访，你去不去？"

卢宇光问："去什么地方？"

哈桑说："暂时保密。"

卢宇光说："你保密没关系，但是你要告诉我，我们去的地方车程有多远？"

哈桑想了一下说："大约1个小时。"

哈桑走后，卢宇光用圆规在地图上画了一个圈，想看看一个小时车程能到什么地方，找了好几处，都是危险地带。他想：政府军掌控的地盘很小，记者们到了那么远的地方，肯定凶多吉少。我们来是做新闻报道的，不是来送死的。我又不是雇佣军，来帮他们作战，没必要去冒这个险。

第二天，卢宇光对哈桑说："对不起，我们不能去，我们大使请我们吃饭。"

卢宇光没有参加哈桑组织的采访活动，逃过一劫。那些跟着哈桑去采访的记者，进了反对派武装分子的包围圈，出不来了。最后他们退到一家政府军把守的医院里，时间长达15天之久，缺乏补给，最后只能靠喝生理盐水维持生命。要不是叙利亚政府军空投食物进去，他们就会被饿死。15天之后，他们才被解救出来。有一个卢宇光认识的俄罗斯记者在突围时受了伤，差点儿死掉。

卢宇光没有盲目跟队采访，这无疑是一次理智的抉择。卢宇光说："在前线，有一个很重要的东西不能忽视，那就是你要经常想到老婆和孩子，然后你就会想到，我若被打死了怎么办？我残废了以后怎么办？这些因素会让你变得理智，不做无谓的牺牲。"

三、东古塔

凤凰卫视总部要求继续做叙利亚战争的报道，但又派不出人来替换卢宇光他们，只能让卢宇光和丁字军坚守在那里接着干。总部给了卢宇光 6 万美元，告诉他：不花完不要回来！

仝潇华曾经担心，卢宇光 10 个月前刚刚做过一次开胸手术，长时间待在叙利亚前线，他的身体能不能吃得消？

关于这个问题，卢宇光自己倒没想那么多。作为职业记者，哪里有新闻他就要到哪里去，特别是战地记者，既来之，则安之。卢宇光和丁字军在叙利亚一直坚守了 3 个月。

在这 3 个月的时间里，主要是由雅拉负责帮助他们联系采访事宜，从政府官员到政府军官员，上到政府信息新闻部长，下到总统卫队旅长，从大马士革到霍姆斯北部前线，他们一共走了 10 多个城市，历经无数战火险情，一直生死相伴。

雅拉大约有 24 岁，1.65 米左右的个子，体态丰满，面容姣好，叙利亚女性的特点在她身上大多能看到。

雅拉出生于叙利亚霍姆斯，父亲是空军飞行员，家中有 7 个姐妹，她排行老五。她就读于大马士革师范大学，学的是数学专业，毕业后先在大马士革城区中学教书，战争爆发后转入国家通讯社当上了记者。

雅拉原来有个男友是叙利亚政府军的上尉军官，两个人好了 3 年，后来，上尉军官随所在的部队"起义"，成为反政府武装分子，雅拉只得与其分手。

这名军官在阿勒颇战场上被政府军打死了，后来雅拉也去了阿勒颇通讯分社工作。卢宇光没有问雅拉为什么去那里工作，或许她是为了与男友的亡灵更近一点儿？

根据政府军有关部门的安排，雅拉准备带卢宇光的摄制组人员到东古塔地区采访，主要是为叙利亚政府军做宣传工作，宣传叙利亚总统卫队已经取得这个战略重镇部分地区的战果。

东古塔地区位于叙利亚首都大马士革东郊，距离大马士革老城约 4 千米。该地区人口密集，70 多平方千米的地方，人口却有大约 40 万之多。这 40 多万东古塔百姓与恐怖组织关系极为微妙，他们大多倾向跟着恐怖组织，对抗叙利亚政府军。

2011 年，叙利亚内战爆发。2012 年，恐怖组织"拉赫曼旅"占领东古塔，并频繁攻击首都大马士革。为了维护首都的安全，政府军多次对东古塔进行围剿。由于恐怖组织挟制 40 多万民众进行抵抗，政府军的战果一直不明显。最近刚有起色，所以政府军非常希望外界媒体予以报道。

叙利亚政府军新闻联络官雅拉

第十三章 一进叙利亚

在东古塔作战的叙利亚政府军有非常著名的"老虎部队"，还有叙利亚"烈士旅"。

雅拉首先介绍卢宇光认识了"老虎部队"的指挥官哈桑。在叙利亚，很多男人叫"哈桑"。当时哈桑是这支特种部队的副团长。卢宇光在大马士革的玫瑰酒店请哈桑吃了一顿中国餐。哈桑很高兴，满口答应让东古塔的"老虎部队"接待他们。

第二天，雅拉就带着卢宇光等人出发了。那天，他们租了一辆叙利亚的民用轿车，朝大马士革北部的巴尔米拉方向驶去，途中没有任何军方保护。汽车开了1个多小时，他们在战地哨卡换乘皮卡车去东古塔城区。

在接近东古塔城区的公路上，有一辆被武装分子自杀式袭击烧毁的公共汽车，已经被烧焦了，只剩一个空壳。卢宇光要求停车进行拍摄。可能是哈桑没有交代清楚，叙利亚军队在山上的观察哨哨兵用望远镜看见他们，如临大敌，开枪示警。雅拉连忙举起她的白头巾向对方摇动。

不一会儿，远处开来一辆皮卡汽车，一群叙利亚军人将他们团团围住，收缴了他们的录像设备，并将他们押上车，然后就拉到指挥部去了。

到了指挥部，雅拉说明情况，叙利亚军队指挥官这才明白，原来这是自己人，接着他就亲自带着他们去采访。

一行人走进东古塔城内，其惨状让卢宇光深感震撼。这里完全是一座空城，楼房被炸得七扭八歪，满城没有一栋完整的建筑，也没有一条完整的电线，断了的电线挂在空中，如杨柳的枝条般摇来摆去。残缺不全的尸体横在地上还没有来得及清理，风在四面透风的楼中穿过，发出呜呜咽咽的声音，如鬼哭狼嚎，很是恐怖。

中午，卢宇光他们到达政府军在东古塔的前沿阵地。雅拉与哈桑取得联系，哈桑很快就乘坐一辆履带式装甲车过来了，车上坐满了人，说是来保护他们的。

中午吃饭的时候，哈桑请来了几个他的朋友。他们都是第一次见到中国记者，和中国记者一起吃饭，都很兴奋，吃完饭，还要一起照相留念。他们很尊重卢宇光，一定要把他推到最前面的中间位置，卢宇光就谦让，丁字军把他们互相谦让的情景拍了下来。

下午，卢宇光带领丁字军等人去东古塔的第二个作战点采访，这个地方是叙利亚政府军"烈士旅"刚从反政府武装力量手中夺下来的。在阿拉伯世界，有很多以"烈士旅"命名的部队，名气最大的是巴勒斯坦"阿克萨烈士旅"。

出发前，哈桑给他们派了一个侦察连的连长当保镖，并每人配发了一顶钢盔，还给卢宇光和丁字军各发了一支冲锋枪，每支枪配有500发子弹，以便他们在遇到危险情况时进行自卫还击。

卢宇光当过兵，对枪支很熟悉，特别是在第二次车臣战争的那两年，经常在去战地上采访时玩枪，对枪支已没有新鲜感。他接过枪，检查了一下，往肩上一挎，就不再管它。丁字军没当过兵，更没摸过枪，终于摸到枪了，爱不释手，把枪栓拉来拉去，而且老把枪口对着人。卢宇光提醒他说："小丁，别拉了，别走火了！"

与卢宇光他们同行的还有一名"烈士旅"的女军医，叫阿依玛莎，是个寡妇。关于她的故事，笔者后面再说。

第十三章 一进叙利亚

从第一作战点到第二作战点,有很长一段路,中间要经过一片开阔地。开阔地的两侧由极端组织的部队扼守,为了防止被极端组织的狙击手射杀,开阔地上的公路被政府军向下挖了 1～1.5 米,形成一个壕沟状的通道,皮卡车在沟内行驶,"外面"的人根本看不见。

通过极端组织扼守的地段时,侦察连连长故意用一根棍子顶着一顶钢盔伸出壕沟,立刻引来对方的几发子弹,然后就没有人再打枪了。

侦察连连长说:"这两枪打完以后,不是我们这边的人死了,就是他们那边的人死了。"双方的狙击手都很厉害,他们在打别人的时候也暴露了自己,很可能某人一枪打中了自己的目标,接着就成为别人的目标,被别人打中了。

在现代战争中,看似平静的战场上其实充满了恐惧,这恐惧的一部分是狙击手造成的。用一句浪漫的诗表述就是:"你站在桥上看风景,看风景的人在楼上看你。"

所以,双方的狙击手都不敢随意开枪,以免自己成了别人眼中的"风景"。

到了第二个作战点的前沿阵地,卢宇光大为惊讶。所谓"前沿阵地",实际上就是几堵墙。墙这边是己方,墙那边就是敌方。不打仗的时候,双方士兵可以隔着墙聊天,有的人还知道对方叫什么名字、哪年入伍、是什么地方的人,因为之前双方都是叙利亚政府军的战友。后来发生了内乱,一些政府军的部队成了反政府武装力量。

卢宇光他们在第二个作战点采访完之后,又到第三个作战点采访。

这个地方也是叙利亚政府军刚刚夺取的，上午打下来，下午他们就去了。这个点是哈桑带他们去的。他们每到一处，都会有一大群人出来迎接他们。他们走进房间，马上就有人送上一瓶矿泉水。在叙利亚战场上，矿泉水是很奢侈的饮料，给人矿泉水喝是最高的礼遇之一。

据参战的"老虎部队"人员介绍，这里曾经发生过激烈的巷战，是政府军的坦克一条街一条街地打下来的。一辆坦克从街的这边开过去，后面的步兵、装甲车一路横扫，摧枯拉朽一般，反政府武装力量丢盔弃甲，望风而逃。

四、一访阿勒颇

2013年10月底，雅拉帮助卢宇光联系到叙利亚总统政治与新闻顾问夏班女士。卢宇光对夏班进行采访时，夏班对卢宇光说："卢，你应该到阿勒颇去看一下。"

卢宇光就对雅拉说："你帮我联系看看。"

雅拉说："没问题。"

阿勒颇市位于叙利亚北部，距地中海120千米，离南部的大马士革约350千米，是叙利亚第二大城市，也是阿勒颇省的省会，战前拥有414万人口。

雅拉联系了叙利亚通讯社阿勒颇分社。当时，叙利亚政府军有一架米–8直升机要从大马士革飞往阿勒颇，卢宇光一行人就乘坐这架直升机飞了过去。

从直升机上俯瞰大地，下面是延伸至视线尽头的是大片的红土丘陵。这里没有树木，也没有河水流过的痕迹，只有极端

第十三章 一进叙利亚

单调与空旷的景致。古老的阿勒颇城已经被战火摧毁,城市遍地废墟,黑烟四起。叙利亚反对派武装力量曾占领了市区大约 2/3 的地区,政府军花费了 5 个月的时间,夺回城市一半左右的控制权,但市内激烈战斗不断,国际机场仍未开通。直升机缓缓落在阿勒颇热电厂政府军基地内,他们随即被安排进入市区采访。

摄制组只有两套防弹衣,卢宇光很绅士,把应该自己用的防弹衣让给雅拉了。

从热电厂到阿勒颇城区只有 20 多千米,载有机枪和士兵的皮卡车行驶的时速几乎达到 225 千米。雅拉解释说:"以这种速度通行很难被敌人击中,除非狙击手具备丰富的经验,留出很大的提前量,而这种提前量是很难把握的。"

叙利亚气候干燥,城内路面平坦,四车道,却很少见到行驶的车辆,他们偶尔会见到大型平板运输车拉着俄制 T-64 坦克呼啸而过。

雅拉说:"阿勒颇是古城,政府军和反对派都有共识,他们都想保住古城,只有基地组织极端分子肆无忌惮。"

在阿勒颇城区,政府军与反对派武装力量阵地犬牙交错,你中有我,我中有你。

摄制组人员进入城东区后,雅拉首先带他们拜见了城区卫戍司令。卫戍司令对雅拉特别殷勤,说雅拉是前线最美丽的姑娘。

老城区有一座雄伟壮观的阿勒颇古城堡。古城堡耸立在城中心一座锥形的小山上,周围是一条深 20 米、宽 30 米的壕沟,从沟底到城墙顶端共 65 米高。古城堡的外墙是光滑的石面,与底部构成 48° 倾斜角。古城堡以其险要坚固而闻名于世。

阿勒颇古城堡原是古巴比伦王国和亚述帝国神庙所在地，与阿勒颇城一样历史悠久。从古希腊和古罗马时期起，神庙便被改建为坚固的卫城和军事要塞。千百年来，城堡不断被加固和扩建，迄今保留下来的城堡则是公元 13 世纪阿拉伯阿尤布王朝时期所建。古城堡内保存着各个历史时期遗留下来的痕迹，是叙利亚历史变迁研究的珍贵宝库。

摄制组的人去采访的时候，那座古堡还在叙利亚政府军手中，由一个连死守，古堡周围是极端组织武装分子。下面的极端组织武装分子上不去，上面的政府军也下不来。当时，这个连已经在古堡内坚守了一年多，给养和武器弹药都是由政府军空投过去的。

卢宇光通过电话采访了古堡内的政府军连长。2016 年卢宇光第二次去采访的时候，连长已经战死，此为后话。

卫戍司令亲自带领摄制组的人到城区的前沿阵地拍摄。

所谓"前沿阵地"，实际上就是将几条交错的街区用推土机推出一个条状的废墟，再用沙袋叠起来，两军分别占据用墙隔离的房间，在墙上挖个枪眼。双方就在各自的房间中隔墙对峙。

双方对话声清晰可辨：

"今天你老婆来电话了吗？"

"从大马士革调来了一个漂亮女孩！"

"中国人也是帮助你们作战的？"

"不是，是记者。"

翻译将双方士兵的对话翻译给卢宇光听，卢宇光感到非常不解：在生死线上竟然如此轻松地交流，阿拉伯人真是让人难懂。

在前沿阵地，雅拉是最受欢迎的人。一行人每到一处阵地，确切地说是每到一个房间里，房间里所有人的目光都会被她吸引。雅拉被旅长请到指挥部喝茶，卢宇光则带领摄制组的人继续在前沿阵地拍摄。这时，险情正在悄悄向他们靠近。

下午3时刚过，卢宇光正在采访，一阵"轰隆隆"的坦克声快速逼近，接着，两名满脸油污的政府军军官风风火火地闯入房间，用阿拉伯语提示所有人赶快撤离。卢宇光带领摄制组的人快速登上了来接应他们的装甲车。

载有记者的装甲车在一片开阔地上遭到反对派武装力量的猛烈射击，同行的坦克立即向对方开炮还击，掩护装甲车安全撤离。

待卢宇光等人赶到指挥部，才知道自己差一点儿成为反政府武装力量的俘虏。原来，政府军的侦听员通过侦听系统得知，反对派武装力量获悉外国记者进入了前沿战地，准备派人进行劫持。旅长一开始只想派一辆皮卡车去接他们，雅拉坚持请旅长调派一辆装甲车，最后旅长又送给雅拉一个人情，外加了一辆坦克。

如果不是雅拉要求调派装甲车，摄制组的人可能就在劫难逃了。

五、叙利亚寡妇

现在我们来说说叙利亚寡妇阿依玛莎的故事。

战争打响后，总会出现很多寡妇，叙利亚战争也是如此。

那天，叙利亚政府军安排卢宇光一行人到东古塔周边的定居点采访。他们先是乘坐一辆民用轿车，在战地哨卡又换乘一辆皮卡车。皮卡车在布满炸弹坑的道路上颠簸不止，路上有很多没有被填平的炸弹坑，前面有一辆旧摩托车引导，满天的烟尘弄得大家一个个灰头土脸。

放眼望去，东古塔几乎没有一座完整的建筑物，街面上看不到活物，连一只老鼠或流浪狗也没有。在西东古塔的一个定居点，卢宇光认识了一位叙利亚政府军的女医生——阿依玛莎。

阿依玛莎是哈马省人，毕业于莫斯科国立医科大学，是外科副主任，能说一口流利的俄语。阿依玛莎主动加入了采访队，大家都不明白她要来做什么。这时，卢宇光一行人已经增加为6人：卢宇光、丁字军、雅拉、翻译纳西姆、女军医阿依玛莎，还有一名保镖——总统卫队旅的侦察连长。皮卡车在巷战后破败的街道上、残垣中穿梭。侦察连长端着枪，警惕地注视着

叙利亚寡妇阿依玛莎

第十三章 一进叙利亚

四周。

阿依玛莎会说俄语,卢宇光与她用俄语交流没有任何障碍。

阿依玛莎告诉卢宇光,她的丈夫是在东古塔作战行动中阵亡的。原来,夫妇俩在一个部队里,丈夫也是军医,他们是莫斯科国立医科大学的同班同学。

阿依玛莎说,叙利亚战争导致叙利亚男性数量大幅度减少,他们一部分死于战争,一部分为了逃避战争纷纷逃到约旦、土耳其、沙特等国家,导致叙利亚单身女性的数量增长了近70%,而且还有越来越多的女人加入寡妇的行列当中。

阿依玛莎是那种浑身散发着青春魅力的少妇,身材保养得很好。地中海的阳光晒黑了她的脸颊,却让人觉得她更加健康,更加妩媚。

在通过一段沙土构筑的通道时,皮卡车颠簸得很厉害。皮卡车右侧栏杆下有个弹孔,铁皮外翻。颠簸之下,卢宇光的右腿被外翻的铁皮剐了一个大口子,鲜血直流。阿依玛莎迅速取出急救包,三下五除二就帮卢宇光处理好了伤口。接着,阿依玛莎又取下脖子上的头巾,把卢宇光腿部的伤口包扎紧。

在阿依玛莎给他包扎伤口时,他居然没有感觉到疼痛。他用欣赏的目光注视着她的急救动作。在他看来,那也是一种美,这种美成了他的麻醉药。

叙利亚女性的名字大多与花朵、动物、性格特征、城市、职业甚至自然现象有关,有些名字则与这些主题完全无关,"阿依玛莎"这个名字的含义是"高尚"。

卢宇光认为,阿依玛莎就是高尚的化身。

卢宇光问阿依玛莎:"战争结束后,你有什么打算?"

她说:"希望再回莫斯科读硕士,只是学费可能会很高。"

皮卡车开上另一处开阔地,司机猛踩油门,汽车疯狂地跑起来。大家都趴在车厢里,卢宇光把防弹衣铺在阿依玛莎的胸下。她大约没想到一个中国男人会如此细心地关照她,有些羞涩地低下头,两颊飞起红霞。

卢宇光听她讲她的不幸遭遇。

阿依玛莎说,她丈夫的身体几乎被炸烂了,只留下破碎的肢体,那一瞬间,她觉得自己活下去已毫无意义。但是,无数与她有同样遭遇的姐妹——确切地说就是寡妇——用坚定的目光鼓励着她,她觉得这些苦难深重的女人是坚不可摧的。

阿依玛莎从贴身的口袋里摸出一张照片。照片上是她的双胞胎女儿,她们被寄养在哈马省农村的娘家。她的娘家中只有母亲和妹妹活了下来,父亲和3个哥哥都战死疆场了。

阿依玛莎告诉卢宇光:"我们根本看不到胜利的曙光,但是所有人都在顽强地活着,然后去战斗,哪怕是牺牲生命也在所不惜。"

阿依玛莎忧郁的眼神中,透出一种坚定的信念。

汽车到达东古塔的第二个作战点,阿依玛莎要和大家分手了。卢宇光送给阿依玛莎一套防弹衣和一顶头盔,并帮她穿戴好。她扣上头盔的样子非常好看。

在生命稍纵即逝的战场上,卢宇光突然感到心情非常复杂。一个萍水相逢的叙利亚寡妇,用她的亲身遭遇深深打动了一个中国记者,不,一个中国男人的心。

讨厌的战争!

卢宇光非常佩服那些叙利亚女人,她们一边舔着伤口,一

第十三章 一进叙利亚

边笑对生活。

拥有坚定目光的阿依玛莎,让所有遇到困难就退缩的男人相形见绌。

卢宇光在战场上与阿依玛莎匆匆告别,连电话号码都没有来得及交换。阿依玛莎随皮卡车消失在满天飞扬的黄沙之中。

2015年9月30日,俄罗斯宣布正式介入叙利亚战争,两天后,卢宇光跟随俄罗斯国防部新闻局组织的记者团进入叙利亚。卢宇光来到了阿依玛莎的故乡哈马省。

哈马省位于叙利亚中部,是叙利亚13个行政省之一,战前全省人口数为130余万,土地面积为8883平方千米。

当年,在皮卡车上,卢宇光听阿依玛莎如数家珍般地介绍了自己的家乡。她说,省会哈马是一座历史悠久的城市,有宏伟的努尔丁清真寺、奥斯曼帝国时期的亚杰姆宫殿,还有奥龙特斯河畔的22座留存至今的大风车。

阿依玛莎说,她故乡的大风车很有名气。卢宇光来到这里,到处寻找大风车,心情难以平静。

卢宇光在叙利亚政府军医院里寻找会俄语的女兵,找了几个都不是阿依玛莎。一天,叙利亚政府军的俄语翻译兴奋地告诉卢宇光:"找到阿依玛莎了!"

可是,这个阿依玛莎不是卢宇光要找的那个阿依玛莎。

后来,卢宇光一次又一次地随记者团来到叙利亚,参加了解放哈马、霍姆斯、巴尔米拉、代尔祖尔、汉谢洪,直至光复东古塔的战地报道,也一直在寻找阿依玛莎。当年的哈桑已经官至少将,他帮卢宇光找到了无数个阿依玛莎,可她们都不是卢宇光要找的阿依玛莎。

卢宇光曾在一篇文章中这样写道：

有一种遇见，不曾邀约，却心有灵犀；有一种目光，不远不近，却一直在守望；有一种坚定，不会相聚，却不离不弃；有一抹情怀，如影随形，使山河无疆。

阿依玛莎，你还好吗？

你的故乡的风车已经转动了。

这是来自你的故乡的问候！

第十四章　十进叙利亚

一、二进叙利亚

自从外部势力介入叙利亚内战以后,叙利亚巴沙尔政权一直处于风雨飘摇之中,一些西方国家欲对其除之而后快。

在这种情况下,巴沙尔·阿萨德不得不向俄罗斯发出求救信号。

2015年9月30日,俄罗斯宣布介入叙利亚战争。

实际上,在俄罗斯政府公开宣布介入叙利亚战争之前,俄罗斯已经开始了在叙利亚的军事行动。俄罗斯对叙利亚战争的介入,绝非临时起意。

油价下跌、卢布贬值、乌克兰危机和西方制裁四大挑战,给俄罗斯造成了严重的战略困局,俄罗斯迫切需要一个机遇,从这些困境中脱出。叙利亚内战就是这个机遇。

叙利亚是俄罗斯最重要的国际伙伴之一,俄罗斯现在对叙利亚投资总额达200亿美元。这些年,俄罗斯和叙利亚签订的军事合同总额高达40多亿美元，仅2010年叙利亚就向俄罗斯购买了7亿美元的武器装备。

俄罗斯宣布派兵介入叙利亚战争两天后，卢宇光跟随俄罗斯国防部新闻局组织的记者团第二次进入了叙利亚。

那天晚上10点半，记者们在莫斯科伏龙芝大街俄罗斯国防部大楼3号入口处集合，乘坐拉着黑窗帘的军用大巴车，前往莫斯科郊区的俄罗斯空天军契卡洛夫斯基军用机场，在那里登上一架伊尔-76运输机。由于飞机上没有厕所，记者们接到通知，要求在登机前尽量排空大小便，并携带矿泉水瓶，以备急需之用。好在同行记者中没有女性，否则会很不方便。

叙利亚在土耳其南侧，俄罗斯军机不能从土耳其的领空飞过，只能从土耳其东侧绕行。第一站，飞机降落在车臣的莫兹多克机场上，在那里加油。第二站，飞机降落在伊朗的一个机场上，再加一次油，才飞到叙利亚。

这是一次漫长的空中旅行。

这一次，飞机降落的不是大马士革机场，而是拉塔基亚省的赫梅米姆空军基地。

卢宇光了解到，俄罗斯介入叙利亚战争，大兵压境，气势磅礴。

俄军最初进入叙利亚的是32架歼击机和16架直升机，驻扎在赫梅米姆机场。

第一个月中，俄罗斯军队出动各种飞机约1400架次，摧毁了约1600处恐怖分子设施。

卢宇光这一次到叙利亚采访，因为由俄军安排，都是集体行动，所以记者团在大马士革待了不到一个星期就撤回莫斯科了。

二、三进叙利亚

2015年10月22日，卢宇光随俄罗斯国防部新闻局组织的记者团，第三次进入叙利亚。

这一次，卢宇光连续写了多篇《军事日记》，发表在"凤凰网"的《凤凰军事》栏目上。

下面是笔者根据卢宇光的《军事日记》的内容整理的文字——

10月20日，卢宇光正准备路经北京回杭州休假，这是他3年来第一次休年假。21日是重阳节，他原准备给80岁的老母亲一个惊喜，却让一个电话给打乱了计划。10月21日他要出发去叙利亚采访，目的地是俄罗斯空军驻叙利亚拉塔基亚基地。

只剩下一天多的时间，回杭州是无论如何来不及了。卢宇光只好放弃原来的计划，立刻返回莫斯科。

21日22时，来自凤凰卫视、俄罗斯第一频道、NHK（日本广播协会）、美联社，还有德国、法国主流电视台等媒体的记者约30人，在莫斯科郊区的俄罗斯空军专用机场契卡洛夫斯基机场，登上一架俄罗斯空军的图-134专机，前往叙利亚。凤凰卫视是其中唯一的华语媒体。

从莫斯科到拉塔基亚，直线距离约6000千米，因为土耳其不允许俄罗斯军机过境，这架飞机只能从俄罗斯南部绕上一大圈。

记者团带队的是俄罗斯国防部新闻局局长格纳申科夫少将。

卢宇光和格纳申科夫是老朋友了。他们在第二次车臣战争中相识，当时，格纳申科夫是少校军衔，担任俄国防部外国记者互动部副主任。2008年俄格战争爆发时，格纳申科夫是俄罗斯陆军总司令助理兼新闻联络处主任、发言人。2013年2月21日，他被授予少将军衔。由于和卢宇光非常熟悉，只要俄国防部有什么重要的采访活动，格纳申科夫都不会忘记卢宇光。

经过十几个小时的飞行，10月22日早上6时，俄军专机到达叙利亚北部空域，然后沿拉塔基亚海岸线飞行。为了防止被反政府武装力量地面火力袭击，飞机须做各种规避动作。俄军飞机有一个特点：并不是每一个座椅都有安全带，所以在起伏摇摆动作大一点儿的时候，没有安全带的乘员必须用手死死地抓住座椅，否则会从座椅上被甩出去。

飞行员的一杆一舵幅度都很大，他几乎忘记了飞机上还有乘员。飞机降落的动作就像一只猛禽要去抓一只猎物一样，毫无顾忌地冲着猎物（跑道）俯冲下去，机头一低，飞机就已在跑道上狂奔了。

卢宇光注意到，跑道左侧的停机坪上有数架苏–24战斗轰炸机，然后是数架苏–25攻击机，最后面停的是数架米–26直升机。停机坪后面是一排排的弹药和火箭弹发射架。

下了飞机，卢宇光看到，拉塔基亚基地上还有米–8直升机和苏–30SM战机，空中有两架苏–34正准备着陆。在跑道尽头还停有两架巨大的安–124（绰号"鲁斯兰"）运输机，宽大的机翼伸展到两侧的草坪之外，其中一架机头高高耸起，正从机舱内往外吐着巨大的集装箱。

这里就像是俄罗斯现役军机的展会。

卢宇光在拉塔基亚采访了七八天，每天写一篇《军事日记》，一共写了七八篇，总标题是《独家与叙利亚俄空军面对面》。这些文章在向读者传递一个信息：叙利亚政府军胜利在望。

卢宇光在叙利亚做现场报道。（2015年10月）

尽管极端组织武装力量就集结在拉塔基亚附近，但是，有俄罗斯空军支持，叙利亚政府军就不会败，巴沙尔政府就不会倒。

28日，卢宇光在拉塔基亚报道：俄军猛攻，摧毁叙利亚极端组织弹药库。

报道说：从周一（26日）开始，俄空军继续保持对极端组织的饱和攻击态势，飞行次数达到86架次，有效地摧毁了北部战区十多处极端组织隐藏的指挥所及弹药库，对阿勒颇国际机场、极端组织阵地的轰炸效果尤佳。

10月29日，记者团离开叙利亚。回到莫斯科之后，卢宇光继续关注叙利亚战争的情况。

10月31日，俄罗斯空客A-321飞机被极端组织在埃及发动袭击之后，俄空军在叙利亚每天的执飞次数提高到90~100架次。

11月17日，俄罗斯驻叙利亚航空集群又增加了17架战机

（苏 –27、苏 –34、苏 –35），参与行动的还有图 –160、图 –22M3 和图 –95MS 远程战略轰炸机。

11 月 24 日，土耳其空军的 F-16 战斗机在叙土边境将一架俄罗斯苏 –24M 战斗轰炸机击落。该事件导致俄罗斯和土耳其之间的关系急剧恶化。

11 月 26 日，俄罗斯在驻叙利亚空军基地部署了 S–400 防空导弹系统，俄海军黑海舰队旗舰"莫斯科"号导弹巡洋舰进入叙利亚海，俄军正式开始"轮战"。

三、四进叙利亚

2015 年 11 月底，卢宇光随俄罗斯国防部新闻局组织的记者团，第四次来到叙利亚，参加俄罗斯苏 –24M 战斗轰炸机被击落事件的报道行动。

2015 年 11 月 24 日上午 9 时 24 分，一架从叙利亚起飞的俄罗斯空军苏 –24M 战斗轰炸机在土耳其和叙利亚边境被土耳其空军的 F-16 战斗机击落，最后坠毁于叙利亚境内的拉塔基亚山区。

被击落的战机上有两名飞行员，分别为飞行员奥列格·阿纳托利耶维奇·佩什科夫中校与领航员康斯坦丁·穆拉赫金大尉，他们均弹射跳伞成功。

事件发生后，一名叙利亚反对派的指挥官曾对路透社表示，他的战友向空中开枪，打死了两名跳伞逃生的俄罗斯飞行员。俄罗斯官员稍后证实，奥列格·阿纳托利耶维奇·佩什科夫被来自地面的火力射杀。领航员康斯坦丁·穆拉赫金 25 日被俄罗

卢宇光在赫梅米姆机场做现场报道。

斯与叙利亚特种部队救出，安全返回拉塔基亚俄军基地。

俄军机被击落后，俄军动用两架米-8直升机进行救援，其中一架于24日被叙利亚境内的武装分子击中，迫降在中立地带，一名俄罗斯海军陆战队队员身亡。

卢宇光再次来到叙利亚，发现拉塔基亚空军基地有很大变化。叙利亚政府在机场成立了保障指挥部，好几个政府部门在那里联合办公，农业部副部长、商业部副部长以及省政府官员坐镇指挥部，俄军的生活得到改善。卢宇光看见，每天都有车辆往机场送西红柿、黄瓜之类的蔬菜。机场周围的环境秩序得到改善，逐渐正规起来。指挥部在机场周边挖了战壕，建立了防火线、机场弹药库，跑道上很少看到那一箱箱弹药了。

机场附近新建了很多生活设施，如空勤食堂、地勤食堂、小卖部、供水站、供电站、油库、游泳池等。保障工作水平提高了以后，机场跑道几乎每天24小时都有飞机起降。

为了防止武装分子和土耳其军队的袭击，俄军在机场周围部署了S-400导弹防御系统，在机场上还有6架武装直升机值班，随时准备行动。直升机的后面是一大排集装箱，海军陆战队第336旅就住在那里，武装直升机一出动，他们马上可以登机。

飞机在起飞和降落的时候最危险，由于飞行高度低，飞行速度慢，最容易受到敌方袭击。这个时候，米-35武装直升机就会起飞，发射干扰信号，把周边的电子信号屏蔽掉。

俄军有一整套空中作战保障体系，万一己方飞机被击落，特种兵便可顺利展开对飞行员的营救行动。

卢宇光在采访俄军飞行员的时候，飞行员一般不让拍摄他们的面部——担心被俘时被恐怖分子认出来。

过去，飞行员上飞机只带一支手枪，自从苏-24M飞行员跳伞被击毙后，他们便吸取了教训，除了手枪以外，每个人还配有一支冲锋枪、三个弹夹，每个弹夹里有50发子弹，一共150发。因为机舱空间狭窄，没有地方放置冲锋枪，他们就用胶带把枪固定在座舱里。每个人还有一颗"西瓜手榴弹"，飞行员说，那叫"光荣弹"，放在心脏前面的口袋里。如果飞机被击落，武装分子来抓人，打完子弹，飞行员就用这颗"光荣弹"与敌人同归于尽。

在机场，卢宇光意外见到了第336旅的旅长。1999年第二次车臣战争期间，那个人还是个副旅长，带兵攻打格罗兹尼议会大厦。那时他们就非常熟悉。时隔多年，在叙利亚重逢，两个人都非常高兴。他们之间的友谊可以说是鲜血凝成的！

旅长对一位叙利亚将军说:"哎呀!这个卢啊,是我们的朋友哪!我们一起去了车臣的格罗兹尼,还去了很多地方!他是位著名的战地记者!"

叙利亚人一听这话,就都跑过来和卢宇光合影留念。

这次在叙利亚,卢宇光还去过叙利亚北部的土耳其口岸、叙利亚东部的伊拉克口岸、叙利亚南部的约旦口岸和叙利亚西部的黎巴嫩口岸。前三个口岸只是在叙利亚一侧看看而已,他真正实地经过的只有黎巴嫩口岸。

他们来到黎巴嫩口岸,就听海关的官员说:"欢迎来到黎巴嫩!"

卢宇光等人感到非常亲切,有一种春风扑面的感觉。

一个星期的采访工作结束了,记者团的人搭乘一架伊尔-76运输机返回莫斯科。机上还有两口棺材,是牺牲的苏-24M飞行员和海军陆战队队员的灵柩。

飞机到达莫斯科机场时,俄罗斯国防部长等一大批官员到机场迎接英雄烈士归来。

四、第四次受伤

2016年1月20日,卢宇光、仝潇华、巴维尔和亚历山大4个人参加俄罗斯国防部组织的记者团,到叙利亚塔尔图斯港采访,这是卢宇光第五次进入叙利亚采访。这次的主要采访对象是俄罗斯海军舰艇部队,因为没有什么特别的故事,从略。

2016年2月底,卢宇光第六次来到叙利亚。这次活动是由俄罗斯外交部和国防部联合组织的。记者团由凤凰卫视、美国有线广播公司、英国 BBC 等 17 家媒体的记者组成，一共有 22 人。俄罗斯军方派出的领队仍然是国防部新闻局局长格纳申科夫少将。

2016 年 3 月 1 日一大早，记者团就乘车前往叙利亚北部地区，那里距离拉塔基亚约 70 千米。

巴札马是叙利亚通往土耳其的重要通道，3 年前由土库曼斯坦武装力量占据。2016 年 2 月 15 日，在俄空军支援下，叙利亚政府军摩步第 4 师的 2 个团向巴札马发动进攻，经过 7 天激战，守军土库曼斯坦武装力量败退，巴札马重新回到政府军手中。为了向外界宣传这一战果，俄罗斯政府便组织了一个庞大的记者团进行采访报道。

当地时间 3 月 1 日中午 12 时许，记者团来到拉塔基亚北部山区。对这次采访活动，卢宇光在张召忠主持的一档军事节目中有比较详细的介绍。下面是笔者根据卢宇光的讲述整理的文字版——

> 我跟格纳申科夫是战友的关系。我到俄军采访，他跟别人说："卢，他是我们的人。"
>
> 我跟格纳申科夫不是一般的友谊。如果换一个人，我可能不会这么做。到今天为止，我这么大年纪，我去干吗呀？如果说是为了这个工作，还有年轻人嘛！可以让他们上。但是我们之间的关系跟兄弟关系一样，非常好。
>
> 比如说，他要到叙利亚去，说："卢，你跟我们去。"他要我去，不是说支持我去搞什么报道，他觉得我有战斗经验，可以组织这些记者，可以带他们，可以告诉他们发

生危险情况时应该往哪儿走。

前年（2016年），我们到叙利亚采访，走到一个叙土交界的北部地区，在上阵地之前，格纳申科夫一再问那个叙利亚的指挥官："这个武装接触线有多远？"他说："2000米以外，没事！"我们就去了，刚走到一半儿，"咣！"炮弹就打过来了，是榴弹炮，不是迫击炮。榴弹炮打过来是没声音的，迫击炮打过来是"嘘——"这种声音。榴弹炮"咣"就进来了，所有的记者都蒙了。格纳申科夫当时一直跟我们在一起。

当时那种情况，大家肯定要逃命哪！但是我们老记者不会自己先逃，肯定要组织那些没有经验的人一起避险。很多西方记者——在这个时间就能看出来——非常自私，就知道自己逃命。因为这个意识形态不一样，教育不一样，和我们都不一样。格纳申科夫把枪掏出来说："谁乱跑就毙了谁！"他当然是吓唬他们，"砰砰砰"就朝天开枪了。

大家都毛了，不知道往哪边跑。我们是老记者，必须引导他们怎么跑，带着他们跑。你说这么多人出来，都是俄罗斯国防部请来的，我们要对得起他们这份对我们的尊重。所以呢，当时我们就组织记者跑啊！

格纳申科夫头脑非常清醒。他认为第一发炮弹是校正弹，我们必须以非常快的速度离开这个地区。俄军当时一下子就调来了装甲车，是那种新型的干扰车，电波非常强烈，防止他们发射导弹。两辆装甲车把一部分记者运走，还有些跑不动的人，我们得架着他们走啊！我和格纳申科夫等人殿后。

当我们的车过了山包后，我们身后是一片火海，整个阵地被炮火覆盖。稍微晚一点儿，我们就全部没命了。

那次，有的记者没见过这种场面，一个德国记者吓坏了，喝水都找不到嘴呀！

我说："你怎么回事？你的嘴不是在这儿吗？"

在那次炮击事件中，卢宇光右小腿受伤。他都不知道是什么时候受的伤。

这是卢宇光在战场上第四次负伤。第一次在车臣，第二次在格鲁吉亚，第三次在乌克兰，第四次在叙利亚。每一次负伤，他都与死亡只有一步之遥。

这次记者团在叙利亚遇险，很多媒体报道了：3月1日，由俄罗斯国防部组织的各国媒体记者停火观察团，当日在叙利亚接近土耳其边境地区遭到炮击波及，造成数名记者受伤，其中包括一名中国记者。

五、七进叙利亚

1. 吹沙袭击

2016年4月2日，卢宇光回到莫斯科不到一个月，腿上的伤口刚愈合，又随俄罗斯国防部新闻局组织的记者团，第七次到叙利亚。这次他们主要是参加对代尔祖尔的报道。

代尔祖尔是位于叙利亚东北部的一座城市，是代尔祖尔省的省会。代尔祖尔在幼发拉底河畔，距离叙利亚首都大马士革450千米，是旅游胜地，附近古迹众多。代尔祖尔省还是叙利亚的主要石油产地，又是叙利亚南北公路和东西公路的交会点，在经济和军事上，都对叙利亚具有重要意义，是个战略要地。

2011年，代尔祖尔市被卷入叙利亚内战危机中，从2012年到2014年，叙利亚政府军与反对派武装力量及当时名为"支持阵线"的恐怖组织，在代尔祖尔市进行了长时间的鏖战。2014年4月，极端组织从拉卡及伊拉克安巴尔省两个方向围攻代尔祖尔，将反对派武装和"支持阵线"赶出了代尔祖尔周边地区，并且完全包围了叙利亚政府军控制的区域，使代尔祖尔市区成为孤岛。

从2014年4月至2016年4月，代尔祖尔被围困2年，城内除了政府军部队外，还有大约10万平民，守军和民众生活非常艰难。给城内军用和民用物资的补给，唯一的方法就是空投，但这种补给并无保障。

联合国的相关报告显示，代尔祖尔市内食品和药品短缺，人道主义状况糟糕。

俄罗斯国防部安排的这次采访活动，其目的可能就是给这座"孤岛"中的叙利亚军民打气，因为俄叙两国军队暂时还没有能力解救他们。

在代尔祖尔市被围困的2年时间里，极端组织经常对该城发动进攻，城池随时有被攻破的危险。代尔祖尔市的政府军部队只有2000人，他们在年逾五旬的守城主将伊萨姆·扎赫尔丁的指挥下，击退了极端组织的多次大规模进攻。

2016年4月3日凌晨，正在熟睡的记者们被俄罗斯国防部新闻局的沃洛佳大尉叫醒，紧急集合，分别乘坐3架米-8直升机出发。负责护送他们的是来自俄罗斯海军波罗的海舰队陆战旅的轮战分队。

这次采访活动搞得很神秘。卢宇光分析有两个原因：一是代尔祖尔还处于被围困的境地之中，比较危险；二是直升机要给代尔祖尔带一些弹药、食品和水进去，受载重量限制，不能去那么多人。这次到叙利亚采访的各国媒体记者一共有30多名，但这次只能去12个人。这12个人中，一半是俄罗斯媒体的记者，别国媒体只有凤凰卫视、CNN、BBC和加拿大电视台的记者。

在俄罗斯记者中，很多人是卢宇光的老熟人，他们一起在车臣战争、俄格战争、乌克兰东部战争等战场上见过面。

3架米-8直升机在4架米-26武装直升机的保护下，先是低空飞向叙利亚海，在海面上空集结、编队，然后直接飞往霍姆斯前线。

在霍姆斯省沙漠地带，直升机飞着飞着忽然爬升，记者们不知是怎么回事。带队的俄罗斯国防部新闻局局长格纳申科夫说："把摄像机全部架好，你们准备往下拍！"

4架米-26武装直升机编队掉过头来，低空飞行，最低高度大约只有10米，机群"哗"地飞了过去，旋翼搅动得气流掀起一片沙尘。

"嗒嗒嗒……"机上的武器全部开火射击，冲锋枪、机关炮、火箭炮一阵猛打，随后直升机再次爬升。等地面的尘埃稍稍落定，众人再往下一看，地上出现大量武装分子的尸体。原来，武装分子看到直升机飞过来了，就把自己埋在沙子里面隐藏起来。当直升机低空飞过时，沙子被吹得四处飞扬，人就露出来了。于是，100多人全部被直升机炮火消灭。

卢宇光形容现场的惨状时说："下面的人密密麻麻的，躺在那里跟蚂蚁一样，有的没有脑袋，有的没有胳膊，画面很恐怖。"

格纳申科夫也觉得场面太血腥，就让大家把拍摄的录像都洗掉了。

卢宇光说："虽然录像带被洗得干干净净，但是印在脑子里的记忆是无法洗掉的。我以前从来没看到过这样的战场景象，地面上全是尸体。"

卢宇光想问格纳申科夫，这是一次偶然的遭遇战还是计划中的突袭行动。直升机上引擎"隆隆"地响，说话需要扯着嗓子喊，气候又干燥，说话多了易口干舌燥，卢宇光决定省点儿力气，也就没问。格纳申科夫是新闻发言人，善于"打太极"，即便卢宇光问了他，他也未必肯实话实说。

2. 采访前沿观察哨

直升机编队在霍姆斯机场降落。

霍姆斯机场的周边是一望无际的沙漠，几乎看不到绿色植物。镜头对着沙漠拉远，会看到升腾的热浪。机场的建筑很多是黄色的土墙，看上去破破烂烂的。据说，极端组织武装分子多次攻打机场，始终没能攻下。这个机场的机库都是半地下的，飞机都停在机库里。其实，这里也没什么好飞机，大多是雅克-36之类的老飞机。飞行员也住在地堡里面。这个机场给人的感觉就像一个二战时期的老机场。

机场的周边装有多部雷达，其功能各不相同，有警戒用的，有导航用的，还有发射导弹用的。这些现代机场的重要标志仿佛在告诉人们，这里不是二战时期的老机场。在机场的外围有很多坦克阵地，其使命是保护机场的安全。这些坦克阵地的独特之处在于，坦克的主体被埋在沙子里，只露出一个炮塔，不知是为了隐蔽还是为了防止阳光暴晒。

记者们被限制在一定范围内活动。据说，机场周围埋有很多地雷，人一不小心就会触发。

在直升机加油和补充弹药的时候，格纳申科夫带领12名记者登上了一辆装甲运兵车，说是要去霍姆斯前沿阵地采访。

那是一辆俄军第二代"台风"牌装甲车，射击口那里有一块防弹玻璃。该车的缺点是很闷，就像一个大闷罐。记者们都说："气儿都上不来了，打开那个枪眼吧！"射击口被打开了以后，大家都把嘴巴对着射击口大口呼吸。

卢宇光告诉笔者，当时车内温度很高，有40摄氏度左右，车内的人浑身冒汗，连裤衩都是湿的。

霍姆斯前沿阵地是距离机场很远的观察哨所，距离极端组织武装力量却很近。这里的士兵的使命就是给飞机和导弹部队报告敌人的方位，便于飞机和导弹部队对敌人进行有力打击。

这些哨所全部由俄罗斯特种兵值守，他们的处境非常危险。

卢宇光在一个哨所里采访了一名俄罗斯特种兵，他是一名分队长。卢宇光问他家在什么地方，他说他家就在中国黑河的对面。卢宇光像是见到了"老乡"，很开心。

卢宇光问他在这里待了多长时间，他说快3个月了。

卢宇光想，他能在这种地方，在沙漠里面待3个月，实在了不起。

卢宇光又问他，与敌人的阵地离得这么近不害怕吗？

他说，刚到的时候有点儿怕，可是又一想，害怕有用吗？几天下来，他就什么都无所谓了。

他们在这里吃的大多是罐头食品。条件所限，大家能吃饱肚子就不错了。

卢宇光对这些特种兵充满了敬意。

3. 挺进代尔祖尔

记者们采访完观察哨所，又坐上那辆闷罐装甲车。装甲车开了一个多小时，他们返回霍姆斯机场，继续乘直升机前往代尔祖尔。他们飞往代尔祖尔的途中也充满了危险。

代尔祖尔城的周边布满了极端组织武装分子的阵地。他们的"针"式防空导弹，严重威胁直升机的安全。那么，护送记者的直升机群是怎么进入代尔祖尔的呢？

趁着傍晚太阳落下去的时候，机群从西面突然飞向代尔祖尔城。前面有4架武装直升机开路。它们一边往地上发射火箭弹，压制敌人可能出现的火力，一边放诱饵弹，以防敌人的"针"式导弹的攻击。记者团乘坐的直升机紧随其后，沿着武装直升机打出来的通道向代尔祖尔挺进。

直升机进入代尔祖尔城上空以后，降落在城外的一个叙利亚政府军控制的阵地上。阵地的周边全是土墙，这里是城区的前沿阵地。直升机降落以后，极端组织武装分子就开始往这边发射迫击炮弹，"咣！咣！咣！"放个不停。虽然炮弹落点不准，但是为了防止意外，记者们一下直升机马上就钻进停在旁边的装甲车。装甲车开得飞快，一眨眼的工夫就开到了代尔祖尔城内。

装甲车停稳之后,记者们开始下车。谁也没想到,他们立刻成了一群孩子的"猎物"。

卢宇光回忆说:"这些孩子,眼睛都是绿的,盯着我们的包,然后冲上来就抢啊!叙利亚护卫打都打不走,俄军特种兵朝天鸣枪,那些孩子根本不怕,知道士兵们不会朝他们身上开枪。一个孩子冲上来把我的水抢走了。这些孩子好像有分工,有的拉住你,不让你走,有的把手伸进你的包里、兜里,乱翻一气。他们把我的包从里到外翻了一遍。我的口袋里装着我从上海买的鸡胗、鸭胗之类的小吃,准备在战场上饿了时打打牙祭,全都被他们一抢而光。有的记者兜里装着美元,也被他们抢走了。大家对孩子们毫无办法,只要别把摄像器材抢走就行。"

根据俄军的安排,记者们来到代尔祖尔的一个集市进行采访。集市上人来人往,一点儿也不像是一座被困的"孤岛"中的集市。那边在开炮,这边还有人在悠然地喝茶。卢宇光在心中感叹:叙利亚人的心真大!

显然,这里的人已经习惯于生活在枪炮声之中了,枪炮声已成为他们生活的组成部分。

也许,不管是谁,如果长期处于炮火声之中,都会变得如此淡然。

卢宇光注意看了一下,集市上售卖的也没啥好东西,有卖铝锅的,有卖旧拖鞋的……凡是能换口吃的的东西,他们都拿出来卖。

城里居民的食品是定量供应的,好像是每个人每天1个面

卢宇光在代尔祖尔集市现场报道。

包，而且要拿着护照去登记才能领到。

记者们被安排采访代尔祖尔的军医医院，那里有很多伤员。这些伤员都是在保卫代尔祖尔的战斗中负伤的。医院的条件很差，伤员们苦不堪言。

记者们还采访了代尔祖尔省的省长。省政府大楼是极端组织武装力量重点"关照"的目标，地面上的楼体已经被打得千疮百孔。在去政府大楼的路上，记者们由俄军特种兵保护，所有人必须贴着墙根走，不能走在马路上，以防被藏在暗处的狙击手袭击。

记者们对省长的采访是在政府大楼的地下室进行的，那里有一间省长的办公室。

省长说:"5年来,我都是在这里度过的,一直住在地下室里。食品和水都很紧张,基本上是靠空投获得。俄军和政府军定期派飞机空投物资。我们这里的25万居民就是这么活下来的。武装分子一次都没能进来。你们知道,苏联时期有个斯大林格勒战役,我们这里不比当时的斯大林格勒好到哪儿去。"

4. 有惊无险

记者们还采访了守城部队的前沿阵地,这种采访工作非常危险。战斗双方经常在前沿阵地展开拉锯战,阵地今天失守,明天再夺回来,后天可能又失守,大后天再夺回来。在拉锯战的过程中,双方的伤亡都很多。

以前,卢宇光大多是在阵地上观看俄军发射远程火箭弹,就像看俄军放爆竹和礼花一样,并没有害怕的感觉。如今,在代尔祖尔,情况完全不同了。他终于切身体会到了遭受火箭弹袭击的恐惧。

当时记者们正在前沿阵地上采访,俄军特种兵忽然大声喊叫,让记者们立即进入掩体。大家刚刚进到掩体里面,极端组织武装分子的"冰雹"火箭弹就打过来了。这种火箭弹威力非常大,整个掩体都在猛烈颤抖,响声震耳欲聋。

掩体一共有两层,相当于在地下建了一栋2层的楼,下面是指挥部,上面是作战部队的掩蔽所。火箭弹的轰炸一停,掩体里的部队就立刻冲出去坚守阵地——通常情况下,对方打完火炮之后,步兵就会马上过来。

这时,俄军陪同采访的领队就说:"快走!快走!"

大家赶紧从掩体里往外走,以免极端组织武装分子冲进来。

卢宇光上楼梯的时候还不小心摔了一跤。记者们坐上装甲运兵车,迅速离开前沿阵地。这种装甲车不是那种防弹的"台风"牌,没有炮,就是一种普通的履带运兵车。

装甲车开得极快,不知是车辆出了故障还是原本就是如此,柴油机排出来的黑烟全都灌进了车厢内,呛得人非常难受。因为情况紧急,担心极端组织武装分子打过来,大家只好忍着。等到驾驶员把装甲车开到一个拐弯的隐蔽处,车一停,大家都立刻从车里出去了。这时候,每个人的脸都是黑的,人像是刚从煤矿井里出来。

而那个驾驶员的脸更黑,除了牙齿和眼睛,其他部位都是黑的。大家互相看了看,想笑还没笑出来,忽然旁边很近的地方传来"咣"的一声巨响,惊魂甫定的记者们以为是极端组织武装分子的炮弹又打过来了,马上条件反射地卧倒。

他们旁边飘起一股烟尘,并没有炮弹爆炸的砂石溅起。怎么回事?原来是叙利亚军队的一门自行榴弹炮走火了。卢宇光以前只听说过枪走火,没听说过炮走火的。后来,他了解到,当时一名新兵正在那里练习瞄准,旁边的什么东西着火了,新兵一慌,操作失误,便把炮弹发射出去了。至于那发炮弹打到了什么地方,谁也不知道。叙利亚军队阵地的管理也够乱的。

接下来大家继续采访。卢宇光采访了一名叙利亚老兵。他是个老"兵油子",之前参加过阿勒颇等很多战役。两年前,代尔祖尔遭遇危险时,他跟随旅长伊萨姆·扎赫尔丁来解救代尔祖尔,就此被困在这里了。他一边接受采访,一边摆弄他的冲锋枪。卢宇光是半蹲着的,老兵坐在那儿,卢宇光觉得他这样摆弄枪很危险,就说"你把枪这么放",说着就把他的枪往旁边移动了一下。没想到,枪"砰"的一声就响了,也是走火。枪管里有很多枪油,枪油喷了卢宇光一脸。

格纳申科夫听到枪声,连忙跑过来问道:"卢,你没事吧?"

卢宇光说:"没事。"

格纳申科夫说:"卢,你不能再动他的枪了。"

阵地上到处是手榴弹、炮弹之类的东西。格纳申科夫说:"把它们弄响了,大家都遭殃。"

大家在阵地上的采访工作就这样匆匆结束了。

结束对代尔祖尔的采访,记者团并未能马上离开。当时的代尔祖尔,"相见时难别亦难"。由于周边都是极端组织武装分子,必须等待叙利亚政府军组织一次反击,直升机才能飞出去。否则,直升机在起飞后爬升的过程中,容易受到敌人的"针"式导弹袭击。直升机只有爬升到1000米以上,才能摆脱危险。

为掩护记者团乘直升机安全飞出去,叙利亚军队要付出巨大的牺牲。他们起码要往外突击2000~3000米。叙利亚军队先用火炮猛轰一阵,然后由坦克在前面开道,掩护步兵向对方前沿阵地突击,达到一定距离后,直升机才能起飞。为了等待这个机会,记者团在代尔祖尔城内滞留了两天。

第三天,机会来了。天气预报说,代尔祖尔要起沙尘暴。

过去,卢宇光没见过沙尘暴,以为沙尘暴是大风吹起的一片沙尘而已,没想到叙利亚的沙尘暴那么厉害。

那天早晨5时,记者团接到通知:到机场等候起飞。他们一直等到9时,当沙尘暴起来的时候,叙利亚军队才开始反击。直升机飞起来了,从天上俯瞰大地,沙尘暴非常壮观。沙尘暴高度不是很高,也就几百米,但足有几千平方米那么大的范围,像一堵沙墙一样往前推进。这么可怕的沙尘暴,人若被裹在其中,根本不能呼吸,会被闷死的。

一场如期而至的沙尘暴,给记者团筑起了一道天然屏障,直升机没有受到任何威胁,就从代尔祖尔飞了出去。

这次代尔祖尔之行,给卢宇光留下了深刻的印象。

六、八进叙利亚

1. 巴尔米拉音乐会

2016年5月初,卢宇光第八次到叙利亚。记者团乘坐的是俄空军的图-154飞机。当时俄罗斯和土耳其的关系正在改善,俄军用飞机被允许从土耳其领空穿过,直接飞到叙利亚北部的赫梅米姆空军基地。

这一次,凤凰卫视莫斯科新闻中心一共去了5个人,除了卢宇光,还有仝潇华、萨维、巴维尔和鲍载忠。

凤凰卫视之所以去的人多,是由于俄罗斯在叙利亚搞的活动比较多。其中声势最大的活动,是俄罗斯圣彼得堡马林斯基剧院交响乐团要在巴尔米拉竞技场举办盛大的音乐会,光是世界各国的记者,俄罗斯国防部新闻局就邀请了170人。

俄罗斯把圣彼得堡马林斯基剧院交响乐团请到巴尔米拉举办音乐会,是一个非常大胆的举动。

据卢宇光介绍,巴尔米拉是叙利亚中部的一个战略要地,地势比较平坦,便于极端组织武装分子的皮卡车行驶,因此俄叙两方的防范措施很严密。

5月5日上午，记者团170名记者和俄军保障人员乘坐5辆大巴从赫梅米姆空军基地出发，由10多辆装甲车护送（其中有轮式装甲车、履带装甲车），整个车队浩浩荡荡。另外还有4架米–35直升机在车队上空进行空中警戒。

更壮观的是，沿路都有叙利亚军人布岗，虽然不是三步一岗、五步一哨，但是在200千米左右的路上，每100米设一个岗哨，阵容也够豪华了。

叙利亚还没有全境"光复"，车队从赫梅米姆空军基地到巴尔米拉要经过3个极端组织控制的地区，因此俄叙两军都不敢大意。在被极端组织控制的地段，叙利亚军队用坦克筑起防护阵地。

车队中途路过霍姆斯，俄军4架米–35直升机"换岗"，由4架卡–52直升机接班。卡–52是当时俄军最新式的直升机，连俄国国内的部队都很少装备，大概是到叙利亚来检测一下性能吧！

卡–52披挂导弹上阵，很是威风。记者们在车上欣赏卡–52在天上飞来飞去的雄姿，十分开心。

2. 光复的巴尔米拉

车队到达巴尔米拉已是下午两点多钟。

巴尔米拉有一座古堡，建在一座大约500米高的山上，四周都是开阔地，没有任何障碍物，十几千米远的地方一览无余。

极端组织武装力量占领古堡以后，在古堡周围埋了很多地雷，所以这个制高点非常难攻。俄军和叙利亚军队付出了很大的代价，久攻不下，最后还是在重炮部队的掩护下，用直升机把特种兵送到古堡上，才把古堡打下来的。

古堡下面有一个古罗马建筑风格的竞技场，有很多罗马柱。音乐会就在竞技场中央的竞技平台上举行。

卢宇光上次（2016年4月）来的时候，竞技场入口处的上方挂着一颗人头，眼睛被挖掉了，皮肤已经被沙漠的太阳晒得变黑、变干，一撮胡子在风中飘动。经人介绍，卢宇光得知那颗头颅属于巴尔米拉博物馆的馆长，他名叫哈立德·阿萨德。

在极端组织武装分子进攻巴尔米拉古城之前，叙利亚政府知道该城守不住，就提前将巴尔米拉博物馆的文物运走了，但是哈立德·阿萨德馆长不走，他要待在巴尔米拉，与巴尔米拉博物馆共存亡。

笔者查了一下哈立德·阿萨德的资料。他1932年出生于巴尔米拉古城附近，1960年进入大马士革大学历史系考古专业，

巴尔米拉古堡

1963年回到家乡担任巴尔米拉博物馆馆长，在这个职位上一直做到2003年退休。他曾与美国、波兰、德国、瑞士等国的考古人员合作，在巴尔米拉古城遗址开展考古研究工作。正是在他们的努力之下，1980年巴尔米拉古城被联合国教育、科学及文化组织列入世界文化遗产名录。

哈立德·阿萨德在国际期刊上发表过多部关于巴尔米拉古城的专著。退休之后，他依旧居住在巴尔米拉，继续参加对古城遗迹的考古发掘工作。2015年8月18日，哈立德·阿萨德被极端组织武装分子残忍杀害，武装分子把他的头割下来，挂在了竞技场的入口处。那些杀害哈立德·阿萨德的极端组织武装分子，在俄军攻打巴尔米拉的战斗中受到了应有的惩罚。

卢宇光上次到竞技场时，看到里面有很多武装分子的尸体，其中一些尸体残缺不全。当时，记者们只能在俄罗斯工兵开辟的一条小道上行走。小道只有一米多宽，任何人不能走到线外，线外可能有地雷。所有人的手机都被俄军派人收起来了，怕手机一响引发地雷爆炸。大家都是穿着防弹衣、戴着钢盔进去的，随时防备发生意外。

这次为了音乐会的安全问题，俄军在古堡周围进行了排雷工作。记者们到达现场时，排雷工作还没有结束。卢宇光看见，俄军使用机器人在古堡周围反复行走，基本上可以确定周围已经无雷。但是，为了防止意外发生，记者们还是只被允许走一条专用通道。

古堡原来由叙利亚军队把守，音乐会那天，俄军特种部队将叙利亚部队全部换了下去。

卢宇光发现，眼下的巴尔米拉与他上一次来时相比有很大变化,甚至让他感到震撼。

在巴尔米拉古堡下面有一座俄军的营地,俄军全部住在集装箱里,集装箱里面装有空调。营地处于沙漠腹地,地表温度经常处于 40 ~ 50 摄氏度,周围没有绿草和树荫,简直就是一个大火炉。空调可以大大提高军人的生活质量。

这里一开始是用柴油发电的,后来巴尔米拉古城的电路被修复了,大家可以直接用上发电厂的电了。

更让卢宇光惊奇的是,俄军居然在这个缺水的沙漠腹地里找到了地下水,自己打井取水,结束了只能用瓶装水的历史。

在俄军的餐厅里,可以吃到莫斯科的香肠、大马士革的橙子,还有其他蔬菜和水果。

俄军在巴尔米拉的生活设施好到让人感到意外。

去参加音乐会的人,除了记者,还有联合国文化遗产保护部门的人员。最让人感动的是,在剧场入口处放着一幅巴尔米拉博物馆馆长的照片,每个人入场前,都给他献一束花,向他表示敬意。那些花是俄军从大马士革买了运过来的,可见俄罗斯人办这些事还是很周到的。

在音乐会的舞台上,也放了哈立德·阿萨德的大幅照片,他与经历劫难的古城一道接受着生者深深的缅怀之情。

到场的观众有上千名,有俄罗斯和叙利亚的军人,也有巴尔米拉的百姓。

马林斯基剧院交响乐团的演出非常成功。他们为巴尔米拉古城奏响重生的音符,让很多在场的观众流下了热泪。音乐会整整举行了一个小时。

圣彼得堡马林斯基剧院交响乐团在俄罗斯很有名。邀请这

卢宇光：穿越死亡的无冕之王

巴尔米拉音乐会现场

样一个著名交响乐团不远千里来到危机四伏的巴尔米拉竞技场开音乐会，对方竟然欣然应邀，大概也只有俄罗斯人做得出来这种事。

这是一场浪漫的演出，绝对称得上是"战地浪漫曲"。

2016年12月11日，极端组织再次占领了巴尔米拉古城，并开始报复性破坏。竞技场的舞台被炸，16根罗马柱所剩无几。

七、再访阿勒颇

2016年12月23日，叙利亚政府军指挥部发布消息称：叙利亚北部城市阿勒颇"完全解放"，已经处于政府军的控制之下。

两天后，卢宇光随俄罗斯国防部新闻局组织的记者团再次来到叙利亚，到阿勒颇采访。这是他第几次进入叙利亚？他自己也记不太清了。据笔者统计，这大约是第9次吧！当然，不一定准确。

这一次，卢宇光登上了那座古城堡。他在古城堡上多次出镜，向大家介绍古城堡的故事和那支英勇的部队。那个3年前与他通话的连长已经战死。卢宇光这次采访了3年前坚守在阵地上的一个排长。

排长告诉卢宇光："你和连长通话的时候，我就在旁边！"

排长仿佛见到了多年不见的老战友，和卢宇光紧紧拥抱，放声大哭。排长向卢宇光讲述了很多关于连长的故事，包括连长如何勇敢、怎么阵亡的，卢宇光听了也很受感动。

从古堡上下来，卢宇光采访了阿勒颇省的省长。那天晚上，省长请记者们在一家五星级酒店吃饭。那家酒店有13层。虽然

卢宇光参加阿勒颇战役采访。

阿勒颇的仗打得很激烈，但是这里一直被政府军控制，酒店除了外面有几处枪弹、炮弹的痕迹，其他完好无损。

进入酒店后，卢宇光感到很惊讶：酒店里面非常豪华，餐厅的桌子上摆满了菜。但是，他坐下来一看，发现很多菜是重样的，比如炸鸡，摆好了几盘。菜的数量很多，但花样很少。在战争条件下，酒店能做到这样已经很不错了。

吃过饭，省长送给记者们每人一个礼品盒，里面是叙利亚的特产——巧克力，还有希腊糕点之类的东西。包装盒很漂亮，是用防虫的木头做的，盒子比里面的食物更值钱。时隔多年，卢宇光还保存着这个礼品盒，始终没舍得扔。

结束在阿勒颇的采访，记者们乘飞机返回拉塔基亚的赫梅米姆空军基地。这时的赫梅米姆机场也今非昔比，变成叙利亚空军比较先进的机场了。机库建在地下，可以避免火炮和导弹的袭击。飞机的种类和型号也比原来多了一些，它们都是俄罗斯造的。

记者们乘坐"台风"装甲车从机场出发，前往城区。车队前面有十几辆摩托车，排成箭形开道。格纳申科夫坐在第一辆小轿车上，记者团的"台风"装甲车紧随其后。叙利亚政府对记者们非常重视，那个阵势像迎接国宾一般。车队浩浩荡荡，路边布满了警察，车队路过的街口都实行了交通管制。

叙利亚安全部队的车辆在最前面，用警灯和语音提示社会车辆让到一边，如果前面有驾驶员不让，叙利亚安全部队就会对他不客气。

卢宇光看到，有一辆社会车辆的司机不知为什么没有理会警车的提示，警车就立即冲上去，把该车别到路边。接着从警车上下来两个警察，把司机拽下车来就是一顿暴打，打得司机满脸是血。他们甚至把枪掏出来，将枪口顶在司机的胸膛上，嘴里像在说："我一枪毙了你，你信不信？"

司机慌慌张张地点点头，好像在说："我信。"

其实，卢宇光根本听不懂他们在说什么，这些对话内容只是他根据他们的表情猜测的。

八、走近库尔德武装力量

2017年3月初，叙利亚政府军在俄军的帮助下，再次攻占了巴尔米拉。俄罗斯派出专家赶赴叙利亚巴尔米拉，对古城遗址进行评估并尽力修复。

当年11月3日，叙利亚政府军著名的"老虎部队"在俄军的支持下，向代尔祖尔发动进攻。与此同时，守军从城内向外突围，几支部队里应外合，很快消灭了包围代尔祖尔的极端组织武装分子，将这座被围困了3年的孤岛城市解救出来。

一周之后，卢宇光跟随记者团第10次进入叙利亚，第2次到代尔祖尔采访。这时候的代尔祖尔已经很安全了。

记者团采访了市场、医院、学校、前沿部队以及俄罗斯的舟桥旅。这个舟桥旅的指挥官卢宇光以前曾经采访过。从几年前开始，中国参加了一项军事比赛项目，即每年夏天在俄罗斯的奥卡河上举行的"开阔水域"架设舟桥比赛。据说，这是俄罗斯工程兵部队传统的军事比赛项目。2015年、2016年两届比赛，中国军队的舟桥旅均以微弱劣势取得综合第二名，并以明显优势夺得两个单科目的第一名。比赛检验了舟桥分队多方式连续快速渡河保障能力。

卢宇光和俄军舟桥旅指挥员都没想到,他们会在叙利亚重逢。

这一次,俄军舟桥旅要在幼发拉底河上架设浮桥。记者团就跟着这支部队渡过了幼发拉底河,进入河东岸的库尔德武装力量控制区。俄罗斯军队与库尔德武装力量关系良好,互有来往。代尔祖尔被围困期间,库尔德武装力量保持中立,并时不时与极端组织武装分子发生武装冲突。

记者团进入库尔德武装力量控制区之后,沿着幼发拉底河的东岸,向上游走了四五千米。向导说:"不能再走了,前面有美军的巡逻队了。"

格纳申科夫告诉大家,不要跟美国人有接触。

于是,大家只好往回走,显得意犹未尽。过了两天,格纳申科夫跟卢宇光等人说:"已经联系好了,去库尔德武装力量的居住地采访。"

记者们一听这话都很高兴。也许是一种职业病,记者们都喜欢往能出新闻的地方跑。

记者团从代尔祖尔出发,在库尔德武装人员的护卫下,进入库尔德人的几个部落。之前,卢宇光做过功课,了解一些库尔德人的历史。

"库尔德"这一名称可追溯至公元7世纪。库尔德人聚居地被称为库尔德斯坦。阿拉伯帝国后期,库尔德人曾建立过几个封建王朝。这一地区的大部分区域为奥斯曼帝国所统治。直至19世纪,库尔德人在奥斯曼帝国境内仍保持半自治状态,他们的聚居地成为土耳其和伊朗之间的缓冲地带。此后,由于奥斯曼帝国崩溃,库尔德人分属于数国。第一次世界大战后,库尔德斯坦被划分到土耳其、伊拉克、伊朗、叙利亚、黎巴嫩、阿塞拜疆和亚美尼亚。其中伊拉克境内的库尔德人占伊拉克人口总数的五分之一。

库尔德人主要分布在扎格罗斯山脉和托罗斯山脉地区。他们分布的地区东起伊朗的克尔曼沙阿,西抵土耳其的幼发拉底河,北至亚美尼亚的埃里温,南达伊拉克的基尔库克,远及叙利亚的阿勒颇。分散在多个国家的库尔德人苦难深重,民族自尊心特别强,一直在谋求建立自己的独立国家。

库尔德人有自己的地方政权,有自己的税收系统,有严格的社会组织,几乎什么都有。记者团参观了库尔德人的医院、学校、工厂、弹药厂、坦克修理厂等。

库尔德武装力量里面女兵特别多。因为连年战乱,男人伤亡大,政府只好把女人组织起来参加战斗。很多女人失去了丈夫,寡妇们就组成了一个"烈士营"。据说,这个营的女兵战斗力很强。卢宇光坐在库尔德武装力量的装甲车上,从一个女兵连居住地路过。那些女兵朝他抛媚眼,他拍了很多女兵的照片。

卢宇光对这些女兵非常好奇,就专门采访了这个女兵连。

女兵们见到记者来采访,非常兴奋,争先恐后地讲述自己的故事。卢宇光得知,几乎每个女兵的家庭中都有多人战死,有失去丈夫的,也有失去父亲、叔叔、哥哥、弟弟的。她们讲述这些悲惨遭遇的时候,脸上并没有太多悲伤情绪,好像是在讲别人的故事。

有一位女狙击手心理素质特别好。据她讲述,在她准备射击的时候,对方先开了一枪,子弹从她的耳边呼啸而过,她丝毫没有慌乱，冷静击发，一枪令对方毙命。

有人说："军人就是一台战争的机器。军人的最高境界是冷静地杀人，冷静地被杀。"

这一点，库尔德女兵做到了。军人要想真正达到这个所谓的"军人的最高境界"，必须有战场上的历练，否则很难。

卢宇光注意到，女兵连的武器五花八门，有中国产的带三棱刺刀的半自动步枪，有苏联时期产的转盘式机枪。真不知道她们是从哪里淘来的这些"古董"！

记者们还到库尔德人家里做客，吃他们的传统食品——馕。卢宇光觉得，他们的馕与中国新疆的馕没啥区别，可能是用同一种程序烤制的。

库尔德女兵还给记者们表演了民族舞。

载歌载舞的库尔德女兵

记者团在库尔德人控制区待了整个白天，晚上回到代尔祖尔，第二天返回赫梅米姆空军基地。

在叙利亚采访了1个星期后，记者团返回莫斯科。

九、汉谢洪市采访

2019年8月20日，叙利亚政府官媒《祖国报》援引一名政府军将军的话发布消息："日前，叙利亚政府军王牌部队'老虎部队'攻入'胜利战线'等恐怖组织控制的汉谢洪市！"

《祖国报》称，叙利亚政府军从西北方向攻入汉谢洪市，在12架苏-25攻击机的掩护下，"老虎部队"的数十辆坦克以及数千名政府军，用了8个小时，歼灭了千余名恐怖分子，包括数十名美军顾问，仅数十人逃脱。

此前媒体就报道过，在俄空军的支持下，叙利亚政府军从西部和东部包围了整个汉谢洪市，"老虎部队"的精锐坦克部队从大马士革至阿勒颇的M5号公路上突入汉谢洪市。

2019年8月28日，卢宇光虽然已是第14次进入叙利亚，但到汉谢洪市采访报道还是首次。

俄罗斯国防部新闻局组织了30多名记者，从莫斯科飞往叙利亚赫梅米姆空军基地，然后乘坐直升机飞到阿勒颇，再乘坐"台风"牌装甲车进入汉谢洪市。

这个时候的"台风"装甲车已经更新换代了，要比多年前车臣战争时期的第一代"台风"装甲车好多了。车内不但有空调，还有航空座椅。过去，车上的射击口是圆的，现在改成方的了。车顶安装了无死角的摄像头，前后左右都能看见，车厢外面的一切场景都会在车内的显示屏上展现。

记者团进入战区以后，来到距离汉谢洪市大约20千米的一个叙利亚政府军的阵地。记者们穿上防弹服，领队宣布了战场纪律：所有人必须严格听从指挥，不得随便走动，否则就有触雷的危险。

汉谢洪市是叙利亚反政府武装力量的最后一个据点，归叙利亚西北部大省伊德利卜省管辖，其北侧是土耳其，右侧毗邻库尔德武装力量控制区。有一条东西走向的M7号公路，从叙利亚西部的海边到东部的沙漠地带，贯穿叙利亚。这是一条非常重要的战略公路。由于内战，M7号公路已经被多方军事力量肢解，西段由政府军控制，中段由极端组织武装力量控制，东段由库尔德武装力量控制。

汉谢洪市的海拔比较高，一方扼守住这块高地，从M7号公路西段过来的车辆就别想通过这里。

土耳其军队在这里设立了临时停火区，有三四个据点，每个据点驻扎了一个营的兵力。

俄军协助叙利亚政府军打响了汉谢洪战役，双方打得很惨烈。

汉谢洪市几乎所有的建筑，都被政府军的炮火炸得千疮百孔。武装分子也很狡猾，在汉谢洪市的山丘下面掏了很多洞窟。洞窟里面可以住很多人，生活设施样样俱全，甚至还有监狱和审讯室。审讯室里面刑具很多，且血迹斑斑。有的山洞很宽很大，坦克、装甲车都能开进去隐蔽；有的山洞为三层结构，下面一层是弹药库，中间一层是生活区，上面一层是工事。据说，这些山洞总长达15千米。

山洞的出口处是一片开阔地，各个地堡火力点相通。在山洞的山丘上部，布满了各种伪装成树木的天线。

俄军指挥官告诉记者，叙利亚人根本没有能力（包括机械和技术）挖出这样的山洞，言下之意：某些西方国家提供了帮助。

卢宇光在一个山洞口做了现场报道。

当时在汉谢洪市，俄军发现了3处这种山洞。因为山洞里面没有排雷，俄军禁止记者入内。后来，那些山洞都被俄军炸塌了。

在汉谢洪市，卢宇光没有见到一个老百姓。因为战争，老百姓都跑光了。

汉谢洪市的老城区已经变成废墟。后来，叙利亚政府在老城区附近的一个镇重建了一个新的汉谢洪市。

反政府武装力量在汉谢洪市开掘的山洞

卢宇光采访了汉谢洪市的市长。市长的办公室在一座四周没有任何遮挡物的二层楼上。这是一栋被炸坏的楼房，再加上一张桌子、几把椅子，就成了市长的办公室。

市长很幽默，指着四面透风的房间对记者说："我这里有天然空调，这里是汉谢洪最凉快的地方。"

十、赘语

卢宇光多次进出叙利亚，到底是多少次？他自己也记不清了。据凤凰卫视公众号2018年2月15日发表的《有一种沸腾，叫作专业主义激情！》一文说，"2017年卢宇光冒着生命危险，先后12次跟随俄罗斯军队到叙利亚战场进行实地采访"。"12次"这个数字，比我统计的还多。而在那之后，卢宇光又去过叙利亚起码9次，加起来可能有20多次吧！

本章标题《十进叙利亚》的"十"，实际上是个概数。

根据俄罗斯国防部的报告，自2015年10月以来，俄罗斯联邦武装部队人员在叙利亚死亡108人。最大的一次损失发生在2018年3月6日，一架安–26飞机在赫梅米姆空军基地坠毁，当时有39人丧生。后来又死了多少人？数字不详。

叙利亚人权组织公布的数据显示，从2011年3月15日到2015年6月8日的1547天里，战争已确认造成平民230618人死亡。

任何一场战争都是平民的灾难。

第十五章　情系雪岱山

一、一个魂牵梦萦的地方

人生无法规划。

卢宇光在"知天命"之年回首往事的时候猛然发现，他的后半生基本上是和他当年在雪岱山当兵的经历紧密联系在一起的。

雪岱山雷达站建于 1969 年。卢宇光是 1978 年年初当兵来到这里的。他是雷达兵，每天坐在荧光屏前值班，关注的方向就是苏联。他在那里学会了俄语。10 多年后，他凭借自己的俄语基础独闯俄罗斯。当中俄关系修复以后，他成了中俄友谊的使者，为加强双方的相互了解做了大量的工作。

很多时候，一个人的形象在一定程度上代表了一个国家的形象。

卢宇光常年身在海外，会经常想到自己的身份。他家有两个时钟，一个是"北京时间"，一个是"莫斯科时间"。那个

"北京时间"的时钟也在提醒他：我是中国人。

过去，他在雪岱山上眺望苏联的波西耶特湾，那里驻扎着俄海军陆战队第55师。

20世纪90年代中期，卢宇光到莫斯科大学新闻系留学，2002年又在莫斯科创建了凤凰卫视记者站，当上了以军事报道为主的专业记者。他有一个愿望：到俄远东地区采访，因为那里有一支部队。

2015年，卢宇光向俄罗斯国防部有关部门提出了到远东采访的申请，并得到批准。他终于有机会从波西耶特湾的克里尔克角眺望雪岱山了。从克里尔克角到雪岱山的直线距离只有100多千米，如果天气好，甚至能看到雪岱山的主峰——他曾经工作过的那个山头。

2015年9月，卢宇光到符拉迪沃斯托克参加俄罗斯第一届东方经济论坛的采访报道活动。他特地提前一天到达，计划利用这个时间采访俄海军陆战队第55师，并回珲春看看。

启程前夜，卢宇光心情久久不能平静，平时很少写诗的他忽然诗兴大发，洋洋洒洒地写了一首70行的长诗《重返故地》：

> 重返故地有多层含意
> 故地亦有不同解析
> 这是35年时隐时现的记忆
> 明天
> 就要从符拉迪沃斯托克
> 沿乌苏里斯克湾
> 过克拉斯基诺

重返珲春

第二天,卢宇光便沿着符拉迪沃斯托克到波西耶特湾的线路,一直走到珲春对面的克里尔克角,在那里采访了俄海军陆战队第55师。

第55师是俄太平洋舰队的一支老牌劲旅,历史悠久。卢宇光在这支部队的历史纪念馆里看到,当年该师曾参加过解放旅顺口的战斗,后来驻扎在旅顺水师营,1952年才从旅顺撤走。第55师部队史中有很多与旅顺有关的地名,比如黄金山、白银山、水师营等。

30多年前,卢宇光从1206米的雪岱山主峰上观察这里,可以说对这里的每一处地标都了如指掌,也对这里充满了好奇。30多年后,卢宇光来到这片熟悉而又陌生的土地上时,心中五

卢宇光在克里尔克角做现场报道。

味杂陈。历史就是这样一页一页地翻过去的。

卢宇光在第55师的军营里踱步,思绪在历史的回顾与忘却之间徘徊。

从这里到珲春的直线距离很近。卢宇光事先给老部队的领导打了电话,说他要到老部队去看看。

但是,以他现在的身份,他是不能到山上去的。部队领导就和他约好在营地附近的珲春宾馆会面。

他在珲春住了一个晚上,第二天就回到了符拉迪沃斯托克,对俄罗斯第一届东方经济论坛进行报道。

他每次回国,只要有时间,都会约几个老战友聚一聚。1998年夏天,他到北京,专门约了老领导梁德鹏和老班长于广琳去游览了龙庆峡。

卢宇光常说,雪岱山是让他魂牵梦萦的地方,那里有他青春的记忆,有他奋斗的足迹,有亲如兄弟的战友。雪岱山的一草一木都令他难以忘怀。雪岱山人肯吃苦、敢拼搏、甘于奉献的精神激励着他,并影响了他的一生。

后来,卢宇光在一篇回忆文章中写到他在雪岱山的战友,充满了感情色彩:

> 在雪岱山的岁月是我成长初期的最初磨炼。每个人都深深地影响了我。
>
> 2019年10月,老战友结队来莫斯科。每天晚饭后,我们就坐在莫斯科郊外的庄园大厅叙旧。
>
> 孙培中、马秀菜夫妇原是老部队战友。
>
> 当年,我还是俄语学员战士时,孙培中已是副营职研

译员，马秀莱当过我的俄语教员。他们俩一直在部队干到退休。

记得那时候，雪山部队条件相当艰苦，老孙一家三口都随部队来到边疆山沟。

孩子无法得到正常的教育，只能寄读在三道沟的生产大队小学内。后来，马秀莱又把孩子送到郑州上学，住在马秀莱的姐姐家。

马秀莱回忆，她回郑州探亲时，突然发现儿子双眉中间红肿。孩子说，那是被人当靶子打的。

马秀莱立即泪崩。如果稍有偏差，孩子的眼睛就瞎了。由于工作需要，孙培中后来调到青岛北海舰队司令部工作，马秀莱随后也去青岛工作。他们曾多次随舰队编队远航友好国家。

海军编队两次访俄，孙培中都是首席联络官，马秀莱是翻译组长。

孙培中立过4次功，马秀莱立过3次三等功。

孙培中夫妇认为他们很亏欠自己的儿子。儿子为父母承受了不应承受的苦难：小学时期在生产队的马厩学校与放牛娃们一起度过，中学又随父母调动，几次高考不理想。孙培中、马秀莱俄语很好，夫妻俩就自己教儿子学俄语。最后，儿子终于被乌克兰顿涅茨克大学录取，可是学费和路费要几万元。

孙培中和马秀莱都是大校军衔，但是面对学费和路费，孙培中和马秀莱还是被难住了！

两口子东借西借，终于帮孩子凑足了学费。出门去异

卢宇光：穿越死亡的无冕之王

1998年夏 北京龙庆峡

左起：于广琳、梁德鹏、卢宇光。

国前，儿子突然跪倒在他们面前。

老孙说到这里，泪流满面。

说者是在倾诉，听者是在仰视。

同行的宋兰珠大姐，是雪岱山部队的第一位大学生女军人，她的丈夫梁德鹏是部队的领导之一。他们的儿子叫晓东，五岁多就随父母从风景秀丽的海滨城市旅顺来到雪岱山。他们的家就安置在汽车班腾出的旧房子里。住房十分简陋，不足10平方米。房内除了一个大土炕、一张小课桌、两个小木凳和几个装衣物的纸箱外，几乎再无其他东西。

我刚入伍时，新兵连就在他们家住的那个院子里。我常看到晓东一个人在院子里玩耍……

晓东上学以后，每天都是自己走三四里路到三道沟小学上学。后来他学会了骑自行车，就独自骑车往返。三道沟小学并不是一所正规的学校，谈不上教学质量，老师只能教孩子们认几个字、数几个数而已。老梁夫妇整天忙于工作，根本无暇照顾儿子，也很少有工夫辅导孩子学习。

…………

2019年11月27日是老梁80岁大寿。他对我与我的班长于广琳有知遇之恩，是我们的大恩人。

我们从来没有送过他什么礼品。

我们商量好，11月26日悄悄赶到大连，与老梁、老宋单独聚一次。

我还专门跑到俄国家杜马附近的小商店，给老梁买了一顶哥萨克灰色羊皮帽，一件俄军短皮衣。

几次做梦，我都沉浸于团聚的幸福时光中。

但是，俄国防部突然组织外国记者去北极基地，致使我筹划了许久的大连之行又无法成行了。

好在宋大姐发来了视频。

老梁与宋大姐还有儿子、儿媳、孙子共同过了八十大寿庆典，吃了孩子们点的长寿面。

看着老首长满足的笑容，我的眼圈红了！

…………

二、相聚"天涯海角"

2019年6月，凤凰卫视要给三亚市拍一部旅游宣传片《俄罗斯人在三亚》，摄制组计划在三亚待10天。卢宇光便想利用这个机会，约一些老领导、老战友在"天涯海角"搞个聚会。

卢宇光邀请了他的两任班长于广琳（退役海军大校）和金在善（退役海军中校）、分队长刘绍文（退役海军大校）、连长王衡阳（退役海军中校、全军英模）、部队长梁德鹏（退役海军大校）、老参谋宋兰珠（退役海军大校），还邀请了他的文学启蒙老师、海潮出版社原总编辑林道远（退役海军大校）和人民海军报社原社长江卫阳（退役海军大校），还邀请了从国外赶来的老参谋郑曙辉等。

卢宇光向战友展示手术的伤疤。
左起：卢宇光、于广琳、梁德鹏、金在善。

很多人互相之间多年没见，老友重逢，倍感亲切，分外热闹。

关于这次聚会，卢宇光的老班长于广琳在回忆文章中写道：

第十五章　情系雪岱山

由于宇光忙于拍宣传片，加之请来的也是我的老首长，对我也有诸多帮助，我与宇光商定，6月16日晚，由我做东宴请大家。当晚，大家十分高兴、尽兴，虽然多已年逾花甲，但十几人喝掉4瓶白酒，还有数瓶红酒、啤酒。喝到高潮处，宇光撕开上衣，让大家看他胸膛上十几厘米的伤口。大家真是既佩服又心疼。

第一天是大家报到，于广琳宴请大家算是"预热"。

关于这次聚会，多人从不同的角度给我讲述了个人的感受。于广琳对我说："要是你也在场就好了，谁的介绍也不如你自己的感受深刻。"我说："我也不知道我会在一年之后来写这本书啊！"

说起来，笔者和于广琳还有一段交集，我们都在中国人民解放军海军大院工作过。笔者在中国人民解放军海军政治部创作室当专业作家，他在海军政治部宣传部教育处工作。没想到时隔多年，这次因为卢宇光我们又碰到了一起，原来他还是卢宇光的老班长！世界真小！

于广琳给笔者提供了大量的第一手的材料，为本书增色不少。他当年也是雪岱山的一个小兵，凭借苦干精神，三上雪岱山，从基层一步步走进北京海军机关。他和卢宇光一样，也是个自学成才的典型。他高中毕业入伍，参加外语培训班，与卢宇光同窗两年半，并自学中文本科毕业，最后考入国防大学研究生院，获军事战略学硕士研究生学历，最后晋升为师级领导干部，不简单！

扯远了，书归正传。

这次活动是卢宇光发起，于广琳帮助策划的。经二人商量，活动的主题定为"感恩"。正如于广琳在文章中所说，其中很多人对他"也有诸多帮助"，他们将活动的背景板制作为"吃水不忘挖井人"。

　　第二天，他们召开了"吃水不忘挖井人"座谈会。林道远一走进会场，看到背景板上的那7个字，不由得眼前一亮，认为这个创意非常好，非常符合卢宇光的为人。

　　多少年后又见"雪岱山人"，林道远和江卫阳分外激动。江卫阳曾经几上雪岱山，出发前复印了许多发黄的报纸，把雪岱山的光荣岁月装进行囊，此时分发给大家，分享了他们收到珍贵礼物的喜悦。林道远曾从不同角度撰写了卢宇光的记者生涯，分别刊登在人民海军报社主办的《水兵记者》和解放军报主办的《中国记者》上。他带来了这两本杂志，老参谋郑曙辉看到《半个记者半个兵》一文配发的一张照片十分惊喜。几年前，卢宇光邀请林道远到莫斯科游玩，遇到了郑曙辉，他们同卢宇光一起合影留念，文章配发的正是这张照片。杂志只有一本，郑参谋不由分说把杂志抢走了。

　　会议开始，第一项议程是雪岱山老领导梁德鹏代表雪岱山老同志向林道远和江卫阳颁发荣誉牌。荣誉牌上书写：让历史铭记中国人民解放军海军"雪岱山英模集体"采访者——江卫阳、林道远。"雪岱山"部队历代老兵赠送。2019.6.三亚。

　　凤凰卫视副台长马湘淑代表"组委会"向所有雪岱山的老同志颁发纪念牌。

　　林道远在向笔者介绍他当时的感受时说："没想到，这个活动搞得很有仪式感。"

第十五章　情系雪岱山

梁德鹏为林道远、江卫阳授牌。
左起：卢宇光、梁德鹏、林道远、江卫阳。

卢宇光为了策划好这次聚会早有准备，是用了心思的。

发完纪念牌，主持人让于广琳代表大家讲几句话。于广琳在回忆文章中对此有如下描述：

> 临时让我代表大家讲话，虽然没有准备，但有感而发。我讲三层意思：一是我们这一次三亚之行，是雪岱山光荣传统的弘扬之旅。大家在一起整天欢声笑语，回忆雪岱山往事，说不完，道不尽。二是我与宇光的感恩之旅。各位老领导在我们的人生事业发展中，耳提面命，事无巨细，甚至有再造之恩，值得我们永远铭记。三是雪岱山情谊永续之旅。通过此行，保持联系，互祝康健，友谊长存。最后，我代表大家感谢宇光和凤凰卫视同人以及参加活动的演职人员。同时简要评价宇光，我的好战友宇光是拿生命换新闻的世界级战地记者，他的工作热情、奉献觉悟、战斗精神值得我们为他骄傲和自豪！言毕，宇光与我紧紧拥

抱，我抚摸着他后背那硌手的累累伤疤，顿时泪流满面，泣不成声……

座谈中，林道远认为，大家都是"挖井人"。有人说社会就是一个"江湖"，但是知道感恩的人，是不会把自己的恩人相忘于"江湖"的。"雪岱山人"尤其感谢林道远和江卫阳。他俩在发表"感言"时，一起"感谢那个信封，感谢卢宇光，感谢他的领导，感谢雪岱山"。林道远说："宇光爱说我是他的文学启蒙老师，我说，雪岱山才是！"

这次三亚聚会，林道远写了一篇散文《他们也叫雪岱山》。在他的眼里，这些曾在雪岱山服役的老兵已经与雪岱山融为一体。雪岱山哺育、历练了他们，他们发扬了雪岱山精神。所以他说，雪岱山这些当年的老兵，"他们也叫雪岱山"。

林道远在文章中写到聚会中的"家宴"，十分生动，摘录如下：

> 这次活动虽然是在三亚的一家高级宾馆里举行，但是晚宴的菜肴却别具特色。主要食材不是宾馆采购的，而是他们自己到市场上采购的，那可是真正的活蹦乱跳的海鲜！因此，他们将这次晚宴定名为"家宴"。大家就像又回到了当年的连队，宛如一个大家庭。
>
> 卢宇光是《俄罗斯人在三亚》一片的导演。2019年6月17日，是拍摄工作的最后一天。没想到，那一天的晚霞特别美，卢宇光出于执着的敬业精神，决定延迟收工时间，要把这三亚的美景拍下来。他给在宾馆等待开宴的老战友

打电话说明情况,然后说:"不要等我,你们先开始!"

他不在,宴会怎么好开始?于是有人提议:告诉他,安心拍摄,不管拍到什么时候,我们都等他!

这个提议立刻得到大家的一致赞同。

大约到晚上9点,卢宇光才风尘仆仆地赶回宾馆,不断拱手向大家表示歉意。但是,一看他喜形于色的表情,大家就知道这个片子的外景拍摄画上了一个圆满的句号。

战友之间的深情厚谊来自对失去青春的美好记忆。老战友在一起,最开心的事情就是"忆当年",年轻时的那些趣事、糗事,都被大家从记忆的皱褶里抖了出来。

这次聚会,卢宇光当年的分队长刘绍文带着老伴刘素梅一起来了。当年,刘绍文很帅,刘素梅是基地电话台的"台花"。"台花"爱上了雪岱山的"帅哥",要比别人多一个谈恋爱的方便条件。

卢宇光"揭发"刘绍文:"分队长常常把电话线扯到宿舍里,与心上人'煲电话粥',值班时我们爱偷听……"

…………

大家一边喝酒一边说笑话,笑话成了最好的下酒菜。

酒过三巡之后,有人提议:"咱们唱支歌吧!"

唱什么歌呢?大伙儿异口同声:《人民海军向前进》!

于是,一群老兵大声豪气地唱起了海军军歌《人民海军向前进》:

> 红旗飘舞随风扬,
> 我们的歌声多嘹亮,

人民海军向前进,

保卫祖国海洋信心强。

…………

时任凤凰卫视的马湘淑副台长看到大家激情万丈的神情,不由得为之动容。她说:"太感人了,我的泪点低……"

席上,于广琳诗曰:"凤凰台上凤凰游,战友三亚来聚首……期待来日又相见,更有笑语在后头。"

三、相聚莫斯科

在三亚聚会时,卢宇光向大家发出邀请:到莫斯科再聚。2019年10月18日至28日,大家真的在莫斯科相聚了。

关于这次聚会,笔者认为让参加这次活动的同志来讲述比较好,便在微信群里说了我的想法。卢宇光的老领导孙培中主动表示,他来写。很快,孙培中就写出了5000言的长文《铁血记者的战友深情——记卢宇光邀请老领导、老战友赴俄之旅》,现将有关莫斯科聚会的情况摘录如下——

2019年6月,卢宇光利用为三亚市拍摄旅游宣传片之际,邀请自己当年的老部队长、老连长、分队长和老班长及其夫人,以及1982年赴雪岱山对宇光的老连队进行首次报道的时任海军报社的两位记者林道远、江卫阳,赴海南三亚相聚,并成功召开"吃水不忘挖井人"座谈会。之后,他立即又开始筹划邀请这些领导和战友赴俄罗斯旅游活动。

他希望这些自己最尊敬的老领导和最亲密的老战友能亲身感受俄罗斯的异国风情,希望有机会当面向他们汇报自己在异国他乡工作和生活的情况,并为今后接待其他更多赴俄旅游的老战友摸索经验。

笔者和爱人作为宇光的同乡、战友、俄语语音启蒙教员和原部队的部队长,有幸受邀参加了这一活动。

回顾这次由11人组成的赴俄旅游团的整个活动过程,从筹划到实施的每一个细节,足见宇光对老领导、老战友的一片真情。如果用12个字表达宇光的接待工作,大家共同的感受是:全力以赴、细致入微、情深意切。

筹备工作是从2019年7月份开始的。卢宇光把接待老领导、老战友赴俄旅游活动的这一想法告诉莫斯科凤凰庄园总裁张勇先生后,两人一拍即合。他们多次在莫斯科凤凰庄园召开准备会议,成立了由卢宇光和张勇亲自参加的交通组、导游组、住宿组、伙食组和随团医疗组等保障小组,并分头落实。

……………

2019年10月19日,我们11名老战友赴俄,包括曾在20年间三上雪岱山并宣传宇光老连队的人民海军报社原社长江卫阳;宇光老部队原部队长的爱人、老部队教授宋兰珠大姐;宇光当年的老领导、全军英模、二等功荣立者,已身患帕金森病,身体虚弱、行动不便的王衡阳连长及其爱人;海军某部副师级退休干部、宇光当年的老分队长刘绍文及其爱人;海军某部副师级转业干部、宇光当年的老班长于广琳;宇光俄语语音的启蒙老师、老部队副教授、我的爱人马秀莱和我；还有宇光专门聘请的随团张医生和她的母亲。旅游团从郑州新郑国际机场登上俄艾菲航空公司空客330包机的那一刻起，就深深地感受到了宇光对老战友们浓浓的情意……经过9个半小时的飞行，我们抵达莫斯科国际机场。宇光带着两名司机早早地迎候在机场出口，一见到我们，就紧紧地和他的老班长、分队长拥抱，热情地和我们握手，然后抢过宋大姐和几位夫人手中的行李箱，带着我们走向停车场。我们的汽车穿过莫斯科市中心，大约40分钟，来到凤凰卫视驻莫斯科记者站的凤凰庄园……楼房墙面镶嵌着凤凰卫视的洁白标志和实时显示北京时间和莫斯科时间的两个圆形挂钟。看着这两个挂钟，我突然猜到了宇光的用心良苦，他身在异乡，可心系祖国呀！楼内墙面粉刷一新，墙上挂满了凤凰卫视的各种荣誉牌匾和战地采访图片。一楼靠后院一侧是兼就餐、会客、娱乐、办公为一体的多功能综合大厅。大厅内靠窗一侧是宇光的办公区，在不大的办公桌及其周围摆满了电脑、摄录机等各种电子设备，墙上是一块大型的电子显示屏。宇光每一次战场采访结束后的综合性后期制作和报道就在这里夜以继日地完成。每天晚上，当我们离开大厅后，他总是一个人留在办公区，开始他的工作。每天清早我们起床的时候，他已经早早地坐在办公桌前工作。他通过翻译、编辑、合成，把一条条独家新闻从这里发向全世界……

在欢迎晚宴上，宇光深情地回忆起他在军营的生活，讲述了他当年的老部队长及其爱人在他专业学习以及人生道路选择中所起的决定性作用。

宇光还讲述了他的老班长、分队长和老连长当年对他无微不至的关心和严格耐心的教育,表达了他对老领导和老战友的感恩之心和思念之情。老领导和老战友们也先后发言,表达了对宇光在新闻战线取得傲人业绩的敬意和久别重逢的思念……

在凤凰庄园的日子里,白天我们主要参加旅游活动。

宇光没有陪我们去旅游,不是他不想去,而实在是公务繁忙。我们在莫斯科期间,他寸步不离地守在凤凰庄园。他留在庄园,主要是为了随时能照顾我们,陪我们吃饭、聊天,同时也可以做些资料整理和新闻采访的后期制

相聚莫斯科。
左起:孙培中、王衡阳、马秀莱、宋兰珠、卢宇光、刘绍文、于广琳。

作工作。按照他的做事风格和习惯,如果没有老战友的这次接待任务,他可能早已飞到数千千米之外去做现场采访了。

在凤凰庄园,我们和宇光相互交流的时间一是在用餐的时候,二是在晚餐之后。晚饭后,宇光总是陪着他的老班长、分队长和我在餐桌的一角一边喝茶,一边漫无边际地聊天。我们聊过去、聊现在、聊将来、聊山头、聊军营、聊战友、聊家庭、聊子女、聊生活。聊到趣事,人人仰面大笑;聊到伤心处,大家沉默无语;聊到感人时,个个热泪盈眶……

四、战地记者战友情

卢宇光的"恩师"林道远说,卢宇光"半是记者半是兵"。这是对卢宇光战地记者生涯的高度概括。作为记者,卢宇光经常穿梭于世界各地的战场,摄影机和话筒就是他的"武器",他发挥的作用有时是无法衡量的。

作为曾经的军人,卢宇光在战场上采访的时候,具有一般记者所不具备的军人素质。他经历过真正的"枪林弹雨",若干次遇险,负伤5次都没有死在战场上。有人说他"命大",有人说他"运气好",有人说他是一员"福将",也可能兼而有之。

记不得是什么人说过这样一句话:只有上过战场的人才能真正理解战友的情谊。

透过卢宇光的经历我能够感觉到,他是一个很重战友情的人。尽管他的这些战友不是和他血战沙场的战友,也没有陪着他冲锋陷阵,但是,战场上的那种战友情谊,会让他感同身受,正如一首歌里唱的那样,"战友,战友,亲如兄弟……"

当了多年战地记者的卢宇光能邀请几十年前的老战友在三亚和莫斯科相聚,就充分凸显了他的军人情怀。

尾　声

　　如果一个人的一生按百岁来计算，卢宇光的人生旅程已经走过了大半。经过大半生奋斗，他应该已属于成功人士了。

　　他的成功有其偶然性，也有其必然性。或者说，他的运气比较好，在每一个人生的转折点上，他都遇到了"贵人"。

　　"贵人"出现，看似有一定的偶然因素，其实也是个人努力的结果。就拿时任人民海军报社副刊编辑的林道远来说，他无疑是卢宇光的重要"贵人"之一，是他"发现"了卢宇光，进而"发现"了雪岱山，将卢宇光引上了文学创作和新闻写作的道路。但是，如果卢宇光没有积极写稿和投稿，林道远也不会"发现"卢宇光。

　　中央电视台的李绥生无疑也是改变卢宇光的命运的重要"贵人"。如果不是李绥生向凤凰卫视中文台台长王纪言推荐卢宇光，卢宇光很难进入凤凰卫视高层的视野。当然，如果不是卢宇光具有极强的职业精神冲到"莫斯科人质事件"第一线，并连续给王纪言发去几份传真，他也不可能脱颖而出，在一次

尾　声

直播过程中就"连升三级",打破了凤凰卫视新人入职要实习一年的惯例。

多年来,卢宇光在世界各地的战场和动荡地区之间穿梭、采访,对自己的要求是:拉得动,冲得上,打得响。

因为卢宇光经常出现在某个战场上进行报道,人们习惯称他为"战地记者"。卢宇光则认为,他不是战地记者,是职业记者;那些随军记者才是真正的战地记者。他说得不是没有道理。

2008年9月7日,卢宇光在接受《中国青年报》记者采访时说:"其实我觉得我们只是在战争发生的时候,有勇气进入第一线。真正的战地记者是跟随军队的军事记者,他们会战斗,会保护自己,不会手无寸铁。"

凤凰卫视从正式成立以来涌现了很多名主持人、名记者,很多人已经世界知名,为什么会出现这种现象?

卢宇光也和他的同事一样坚守着职业道德,履行着自己作为一名记者的本分。当然,在枪林弹雨中出生入死,这份职业多少有些特殊。

那次他从战场上归来,坐在北京一家酒店大堂沙发上,深吸一口气,说:"生活真是美好,活着真幸福!"

这种感叹特别真实。

书稿完成以后,我统计了一下:从1999年9月卢宇光第一次走上车臣战场进行采访至今(2023年3月),他一共进入战场和人质解救现场采访40余次,受伤5次,遭遇险情多次。

我知道,很多军人上战场,第一次听到枪响,第一次看到死人,也会有短暂的恐惧。卢宇光是否也有这种情况?

2008年《中国青年报》记者采访他时,也问过这个问题:

在战场上出生入死，难道不害怕吗？

卢宇光这样回答："如果害怕，那就什么活儿都别做了。另外，我当过兵，我知道怎么保护自己。在战场上，我见到很多西方记者，甚至有很多女记者，他们都非常勇敢。作为一名记者，大事发生时，在现场很重要。你在那里，就有权威告诉大家这里有什么、这里没有什么。中国是一个大国，大事发生时，中国记者应该在现场传出中国人的声音。"

卢宇光仅仅因为当过兵，就不怕枪声，不怕死人？我认为，这还不足以说明问题。

因此，我有一次问他，第一次听到枪响，第一次看到死人，是什么感觉？他顿了一下，回答道："没什么感觉。"

我问："为什么？"

他说："那些俄罗斯老兵，很多人参加过阿富汗战争或者第一次车臣战争，一点儿都不害怕，他们甚至就坐在死人旁边抽烟。也许是受他们影响吧，我也无所畏惧！不过俄罗斯老兵告诉我，不要看他（死者）的眼睛，就不会有精神恐惧。"

我问："那你也从来没做过关于战场的什么梦吗？"

他说："没有。"

但他也承认，由于见过太多悲惨的事情，他的情绪有些不受控制，不近人情，总爱发火。

有一年，中国的《红莓花儿开》剧组到俄罗斯拍外景，演员们乘坐的面包车出了车祸，前挡风玻璃破了。有个女演员的脸被玻璃划破，用手一抹，满脸是血。有人吓坏了，发出惊恐的惨叫声，场面一度失控。

在车上的卢宇光大吼一声"别叫了"，演员们这才平静

尾声

下来。

卢宇光淡淡地说："有什么啊？！又没死人。"大家对他近似冷酷的冷静表现表示不解。他们哪里知道，他见过太多惨烈的场面。见得多了就习以为常了，我觉得这可以理解。

写完这本书，就连我也变得"冷酷"了。人总是要死的，早死晚死而已，恶终善终而已。有些问题想开了，人会减少很多痛苦。

估计很多人在张召忠等人的访谈节目中见过卢宇光。他很健谈，听他讲故事，连张召忠都笑岔了气，可见故事之生动。他性格直率，敢想敢干，有时甚至不计后果。凤凰卫视给他提供了一个展示才华的舞台，特别是在俄罗斯，他更是如鱼得水。如果不是在凤凰卫视，如果不是在俄罗斯，很难说卢宇光会有什么样的人生。

人跟人不一样，说不定卢宇光就是一个特殊材料制成的人，或者说，他生来就是当记者的料。天赋不可或缺。

纵观卢宇光的人生轨迹，他可以是一个很好的俄语翻译，可以是一个很好的记者，但不会是一个很好的领导。不说别的，就凭他身上的"侠气"，他就不适合当领导。

我认为，当领导也是一门艺术，需要"领导智慧"，就好比《三国演义》里面的刘备，武不如关羽、张飞、赵子龙，文不如诸葛孔明，但是他能领导他们；再比如《水浒传》里的宋江，武不如林冲、武松、鲁智深，文不如吴用，但是他能领导他们。

卢宇光不是刘备、宋江，而是关羽、张飞、赵子龙，是林冲、武松、鲁智深。

金无足赤，人无完人。卢宇光是个优点明显、缺点也明显的人。他所取得的成就可能让很多熟悉他的人感到意外。

他的好几个战友私下里对我说："真没想到，卢宇光能搞出这么大的名堂。"

卢宇光的老班长于广琳说："卢宇光是拿生命换新闻的世界级战地记者。"

于广琳的评价是中肯的。

如今，年过半百的卢宇光仍然活跃在世界各地，一会儿去纳卡，一会儿去北极，真有一股"老骥伏枥，志在千里"的气概。

雁过留声，人过留名。一个人来到世上走了一遭，应该留下点儿什么痕迹，证明自己曾经来过。

此书可证，卢宇光来过。

2021年4月12日初稿于北京丰台万泉寺莲水河畔
2021年5月22日二稿于丹东五龙背金海温泉小镇
2021年8月16日三稿于丹东五龙背金海温泉小镇
2021年9月16日四稿于廊坊固安孔雀城永定河畔
2022年1月10日修订于北京丰台芳菲路万年花城
2023年9月18日定稿于北京丰台芳菲路万年花城

附录　卢宇光战地负伤和战地采访大事记

一、战地负伤情况（5 次）

2000 年 5 月 4 日，第三次去车臣采访时装甲车触雷，第一次受伤（左腿、后脑）。

2008 年 8 月 8 日，俄格战争采访，装甲车翻车，第二次负伤（左腿）。

2014 年 9 月，乌克兰东部战争采访，在顿涅茨克机场楼道里坠落，第三次负伤（左腿）。

2016 年 3 月 1 日，在叙利亚北部采访，遭炮击，第四次受伤（右腿）。

2022 年 3 月 21 日，在乌克兰马里乌波尔北城采访，遭炮击，第五次受伤（左手）。

二、战地采访情况（40 余次）

从 1999 年进入车臣战场开始，到本书截稿，卢宇光进入战场和人质解救现场的次数一共 40 余次。

（一）车臣战场（8次）

1999年9月30日，第一次参加前线记者团，前往车臣采访。

2000年2月23日，第二次参加前线记者团，前往车臣采访。

2000年5月4日，第三次去车臣采访，装甲车触雷，保镖马克西姆牺牲。

2000年7月24日，随外国记者团第四次前往车臣采访被炸平的莫兹多克医院。

2002年5月，第五次前往车臣采访。

2004年5月9日，第六次前往车臣，参加车臣举办的俄罗斯纪念卫国战争胜利59周年庆典。

2004年11月19日，第七次前往车臣，参加车臣战争10周年纪念活动。在车臣首府格罗兹尼，专访新当选的车臣总统阿尔哈诺夫和车臣总理拉姆赞·卡德洛夫。

2007年5月，第八次前往车臣，在格罗兹尼采访。

（二）阿富汗战场

2001年12月，随俄罗斯电视台参加阿富汗战争报道。

（三）"莫斯科人质事件"现场

2002年10月23日，采访"莫斯科人质事件"。

（四）伊拉克战场（3次）

2003年2月，首次赴伊拉克，参加伊拉克战争报道。

2005年1月，第二次进入伊拉克，采访"中国人质事件"。

2005年1月，第三次进入伊拉克，采访伊拉克大选。

（五）"别斯兰人质事件"现场

2004年9月，采访"别斯兰人质事件"。

（六）俄格战争现场

2008年8月8日，采访从俄格战争火线上被送下来的伤员。

（七）奥什骚乱现场

2010年4月6日，采访吉尔吉斯斯坦南部"奥什骚乱事件"。

（八）乌克兰东部战场（2次）

2014年5月，首次赴乌克兰，参加东部战争报道。

2014年9月，第二次参加乌克兰东部战争报道。

（九）叙利亚战争现场（19次）

2013年10月，首次进入叙利亚进行战场报道，在东古塔等地采访，12月底离开叙利亚。

2015年9月30日，俄罗斯宣布介入叙利亚战争，两天后随俄军先头部队第二次进入叙利亚战区采访。

2015年10月22日，第三次进入叙利亚，专访俄空军叙利亚军事基地。

2015年11月底，第四次进入叙利亚，随俄国防部新闻局组织的记者团，参加俄罗斯苏-24M轰炸机被土耳其击落事件的报道。

2016年1月20日，卢宇光、仝潇华、巴维尔和亚历山大4人到叙利亚塔尔图斯港采访，这是卢宇光第五次进入叙利亚采访。

2016年2月底，第六次进入叙利亚采访。

2016年4月，第七次进入叙利亚，第一次进入代尔祖尔采访。

2016年5月5日，古城巴尔米拉举行盛大音乐会，第八次进入叙利亚采访。

2016年12月23日，第九次进入叙利亚，报道阿勒颇光复。

2017年11月10日，第十次进入叙利亚，第二次进入代尔祖尔采访。

2018年3月18日，东古塔光复。第十一次进入叙利亚，第二次进入东古塔采访。

2018年8月12日，第十二次进入叙利亚，到刚解放的霍姆斯等地采访。

2018年10月5日，第十三次进入叙利亚采访。

2019年8月28日，第十四次进入叙利亚，第一次报道叙利亚伊德利卜省汉谢洪市战役。

2019年9月23日，第十五次进入叙利亚，第二次参加汉谢洪市战役报道。

2019年10月12日，第十六次进入叙利亚，再返阿勒颇。第三次赴汉谢洪市采访。

2020年1月13日，第十七次进入叙利亚，第四次赴汉谢洪市采访。

2020年4月9日，第十八次进入叙利亚，在边境采访叙利亚返回家园的难民。

2020年11月10日,第十九次进入叙利亚,7年后再访大马士革机场,参加俄土联军在叙利亚巡逻、伊德利卜省遭遇战报道。

…………

截至2023年3月,卢宇光仍然身在战地……

后　记

感谢互联网，感谢腾讯。要不是有互联网和腾讯发明的微信，这本书是不可能完成的。

我写此书时，卢宇光远在几千里外的莫斯科，彼此不能见面，只能通过微信电话进行采访。

至今，我还没有走出过国门，却写了好几本涉及国外内容的书：《我在美国当律师》《我在加拿大当律师》《联合国的中国女外交官》《核潜艇艇长》，还有这本写卢宇光的书。前面四本书的主人公都是我在国内采访的。只有卢宇光，书写完了，我连面还没见着。当然，我说的是直接见面。在电视上和网络视频上，我早就见过他了。

其他几本书的主人公活动范围都比较小，不需要我花太多时间去查阅地图。写卢宇光就不一样了，他作为记者到处跑，一会儿去车臣，一会儿去阿富汗，一会儿去伊拉克，一会儿去格鲁吉亚，一会儿去乌克兰，一会儿去叙利亚……为了弄清楚他去的那些地方，我专门找来一大本《世界地图册》，在上面寻找他的行踪。写此书，我等于又学了一回世界地理。

通过采访，特别是通过对卢宇光的老战友、老朋友的采访，我已经可以说比较了解卢宇光了。只是我不能把他所有的故事全写进书中，因为有些内容属于个人隐私，他不希望公之于众，我当然要尊重他的意见。

我认为这很正常。写人物纪实作品，也不能事无巨细、面面俱到，让主人公"裸奔"。和所有人一样，卢宇光也有缺点，有的我写了，有的没写。金无足赤，人无完人。这也很正常。

卢宇光的长处是有职业精神，善交朋友，待人诚恳，重情重义。当然他也有他的"短板"，用他自己的话说，他是一个对数字没有太多概念的人。我在写这本书的时候发现确实如此。他写了很多文章，拍了很多视频，也有别人写他的文章，里面凡是与数字有关系的内容都出入较大，比如年月日，比如千米数，比如伤亡数，等等。另外，还有一些细节也有误差。他的文章可能都是"急就章"，访谈节目又来不及查原始资料，只能凭自己的记忆去写。一个对数字不敏感的人，口误的情况在所难免，细节有误也在所难免。好在一些重要历史事件可以在网上查到，至于他个人的事情，就要靠他反复回忆或者去查原始记录了。我不敢说这本书中所有的时间和数据都是准确的，但都是经过我认真核实的，误差会比其他文章和视频少一些。

原来的书稿文字较多，电脑统计的字数有 33 万字。根据出版社的意见，我有选择地做了删减，尽可能地凸显卢宇光的职业特点。现在保留下来的字数大约只有原稿的一半篇幅。我准备在卢宇光正式退休之后，为他整理一本传记。

本书完成于 2021 年 9 月，之后，又有很多内容无法详细写进书里，如凤凰卫视进行了一次成立以来最大规模的改组。关于凤凰卫视的两位新领导，关于凤凰卫视在俄乌战争中派驻战地记者，关于"瓦格纳叛乱事件"发生后资讯台收视率大幅上升的故事，我留在下一本书来讲述吧！

　　我在写作此书的过程中，很多老朋友和新结识的朋友给予我很大的支持和帮助，如海潮出版社原总编辑林道远、人民海军报社原社长江卫阳、海军后勤学院政治部原主任于广琳，以及卢宇光的老领导、老战友刘绍文、孙培中、宋兰珠、才大庆、王豹等，在此向他们表示感谢！

　　特别是于广琳、宋兰珠对书稿做了大量的内容核实和文字校对工作，为本书增色不少。非常感谢！

李忠效

2023 年 9 月 18 日于北京丰台芳菲路万年花城